टेटवाल का कुत्ता

मन्टो अब तक-5

टेटवाल का कुत्ता

मन्टो

संपादन

मुशर्रफ़ आलम ज़ौक़ी

वाणी प्रकाशन

वाणी प्रकाशन

4695, 21-ए, दरियागंज, नयी दिल्ली 110 002

शाखा

अशोक राजपथ, पटना 800 004

फ़ोन: +91 11 23273167 फ़ैक्स: +91 11 23275710

www.vaniprakashan.in
vaniprakashan@gmail.com

TETVAAL KA KUTTA
by Saadat Hasan Manto
Edited by Musharraf Aalam Zauqi

ISBN : 978-81-8143-873-7
Collection of Short Stories

प्रथम संस्करण 2010
आवृत्ति 2014
मूल्य : ₹100

न्यू कृष्णा ऑफ़सेट, दिल्ली-110 093 में मुद्रित

वाणी प्रकाशन का लोगो मक़बूल फ़िदा हुसेन की कूची से

अनुक्रम

मंटो की ख़ासियत

मंटो आम कहानीकार नहीं था। मंटो का साहित्यिक कद वही था जो चेखव और मुपासां का था। अच्छी बात ये है कि मंटो को उसकी ज़िन्दगी में भी सराहा गया। और उसकी ज़िन्दगी में भी आलोचक मंटो पर बात करते हुए उसकी तुलना चेखव और मुपासां से करने लगे थे। मंटो लिखने से पहले बहुत ज़्यादा सोचता भी नहीं था। कहानी उसके लिए घर की पालतू बिल्ली जैसी थी जो ज़रा-सा पुचकारने पर उसके पास आ जाती। अपने घर के बिखरे हुए कमरे में मंटो क़लम उठाता और कहानी ख़ुद-बख़ुद शुरू हो जाती। हज़ारों कहानियां, ख़ाके, मज़ामीन। 'गंजे फ़रिश्ते' से 'स्याह हाशिये' तक जितने तजुर्बे मंटो ने किए उतने तो शायद चेखव और मुपासां ने भी नहीं किए होंगे। हक़ीक़त यह है कि हर नई कहानी के साथ मंटो ज़्यादा मैच्योर और ज़्यादा नया हो जाता था। मंटो की ख़ूबी ये है कि वो कहानी की शुरूआत के साथ ही आपको बांध लेता है, जैसे, कह रहा हो– पकड़ लिया ना... अब बचकर जाओगे कहां? अब आख़िर तक मेरी कहानी को पढ़ डालो।

"इस दफ़ा मैं एक अजीब-सी चीज़ के मुतल्लिक़ लिख रहा हूं। ऐसी चीज़ जो एक ही वक़्त में अजीबो-ग़रीब और ज़बरदस्त भी है। मैं असल चीज़ लिखने से पहले आपको पढ़ने के लिए प्रेरित कर रहा हूं। इसका कारण यह है कि कहीं आप कल को यह न कह दें कि हमने चन्द पंक्तियां ही पढ़ कर छोड़ दिया था। क्योंकि वो ख़ुश्क सी थी। आज इस बात को क़रीब-क़रीब तीन माह गुज़र गए हैं कि मैं माई नानकी के मुतल्लिक़ कुछ लिखने की कोशिश कर रहा था।"

मंटो की इसी क़िस्सागोई ने उन्हें पाठकों को हीरो बना दिया था। मंटो की क़िस्सागोई दरअसल उसके अन्दर के दुख की पैदावार है। गुलामी की त्रासदी, विभाजन का ज़ख़्म, अपनों की मौत इन सबने मंटो की कहानियों को एक नये सूत्र में बांध दिया था। इसलिए मंटो की कहानियां मात्र मनोरंजन नहीं हैं और दरअसल उसकी हर कहानी पिछली कहानी का एक्सटेंशन है। मंटो शायद अपने समय को समझना चाहता था। अपने समय के उस नये यथार्थ या नई बाज़ार संस्कृति को जहां एक नया देश नये सिरे से उठने की तैयारी कर रहा था। शायद ये बात दोनों देशों पर लागू होती थी। भारत और पाक जो पहले एक थे लेकिन विभाजन की नीति ने जिन्हें दो अलग देशों की संज्ञा दे दी थी। ये ज़ख़्म ऐसा था जिसे शायद उस समय के तमाम प्रगतिशील लेखकों में सबसे ज़्यादा मंटो ने महसूस किया। और मंटो की क़िस्सागोई ने उसे अपने विशेष रंग का 'मोजिद' बना दिया। जैसे ये रंग देखिये–

"धुंऐं का इलाक़ा ख़त्म हुआ तो पुलिस के सिपाहियों ने देखा कि एक कश्मीरी मज़दूर पीठ पर वज़नी बोरी उठाये भागा चला जा रहा है। सीटियों के गले ख़ुश्क हो गये मगर वो कश्मीरी मज़दूर न रुका। उसकी पीठ पर वज़न था मामूली वज़न नहीं एक भरी हुई बोरी थी। लेकिन वो यों दौड़ रहा था जैसे पीठ पर कुछ है ही नहीं।

सिपाही हांपने लगे। एक ने तंग आकर पिस्तौल निकाला और दाग़ दिया। गोली कश्मीरी मज़दूर की पिंडली में लगी। बोरी उसकी पीठ पर से गिर पड़ी। घबराकर उसने अपने पीछे आहिस्ता-आहिस्ता भागते हुए सिपाहियों को देखा। पिंडली से बहते हुए ख़ून की तरफ़ भी उसने ग़ौर किया। लेकिन एक ही झटके से बोरी उठाई और पीठ पर डाल कर फिर भागने लगा।

सिपाहियों ने सोचा, "जाने दो जहन्नम में जाए।"

एकदम लंगड़ाता कश्मीरी मज़दूर लड़खड़ाया और गिर पड़ा। बोरी उसके ऊपर आ रही।

सिपाहियों ने उसे पकड़ लिया और बोरी समेत ले गये।

रास्ते में कश्मीरी मज़दूर ने बार-बार कहा। "हज़रत, आप मुझे क्यों पकड़ती हैं... मैं तो ग़रीब आदमी होती... चावल की एक बोरी लेती... घर में खाती... आप नाहक़ मुझे गोली मारती" लेकिन उसकी एक न सुनी गई।

थाने में भी कश्मीरी मज़दूर ने अपनी सफ़ाई में बहुत कुछ कहा। "हज़रत, दूसरा लोग बड़ा-बड़ा माल उठाती... मैं तो फक़त एक चावल

की बोरी लेती... हज़रत में बहुत ग़रीब होती। हर रोज़ भात खाती...''

जब वो थक हार गया तो उसने अपनी मैली टोपी से माथे का पसीना पोछा और चावलों की बोरी की तरफ़ हसरत भरी निगाहों से देखकर थानेदार के आगे हाथ फैला कर कहा। ''अच्छा हज़रत, तुम बोरी अपने पास रख... मैं अपनी मज़दूरी मांगती... चार आने।''

यही, मंटो का अपना अंदाज़ है। मंटो के अपने तेवर हैं। कहानी कहने अथवा बुनने का जो सलीक़ा मंटो की कहानियों में नज़र आता है, वो दुर्लभ है। मंटो आरम्भ से ही अपने बड़े कथाकार होने का ऐलान करता आया था और वास्तव में जिस समय कहानियां, रिवायती अंदाज़ में लिखी जा रही थीं, मंटो ने उस दौर में भी कहानी को अपने हिसाब से चलना सिखाया। उसने तजुर्बे भी किये। अपने समय के समकालीन कथाकारों में वो बैकवक़्त रिवायती भी था और आधुनिक भी। वो ''काली शलवार'' और ''खोल दो'' लिख रहा था, वहीं 'कीमा की बजाय बोटियां' जैसी कहानी में उसके भीतर के आधुनिक कथाकार को देखा जा सकता है।

मंटो हर रंग में मंटो है। इसलिए जी चाहता है कि मंटो के इन मुख़तलिफ़ रंगों को उसकी अलग-अलग कहानियों के बहाने आप से रू-ब-रू कराया जाये। आपकी राय का इंतिज़ार रहेगा।

- मुशर्रफ़ आलम ज़ौक़ी

हामिद का बच्चा

लाहौर से बाबू हरगोपाल आए तो हामिद घर का रहा न घाट का! उन्हों ने आते ही हामिद से कहा ''लो भई फौरन एक टेक्सी का बन्दोबस्त करो।''

हामिद ने कहा आप ज़रा आराम तो कर लीजिये, इतना लम्बा सफर तय करके यहां आए हैं, थकावट हो गई, बाबू हरगोपाल अपनी धुन के पक्के थे, नहीं भाई मुझे थकावट कुछ नहीं, में यहां सैर की ग़र्ज़ से आया हूं। आराम करने नहीं आया। बड़ी मुश्किल से दस-दस दिन निकाले हैं। ये दस दिन तुम मेरे हो, जो मैं कहूंगा तुम्हें मानना होगा, मैं अब के अय्याशी की इन्तहा कर देना चाहता हूं- सोडा मंगाओ।

हामिद ने बहुत मना किया देखिये बाबू हरगोपाल सुबह सवेरे मत शुरू कीजिये मगर वह न माने, बक्स खोलकर जॉनीवाकर की बोतल निकाली और उसे खोलना शुरू कर दिया ''सोडा नहीं मंगवाते तो लाओ थोड़ा पानी लाओ- क्या पानी भी नहीं दोगे।''

बाबू हरगोपाल हामिद से उम्र में बड़े थे, हामिद तीस का था तो वह चालीस के थे। हामिद उनकी इज्जत करता था इसलिये कि उसके मरहूम बाप से बाबू साहब के मरासिम थे। उसने फौरन सोडा मंगवा दिया और बड़ी लजाजत से कहा देखिये मुझे मजबूर न कीजियेगा, आप जानते ही हैं कि मेरी बीवी बड़ी बड़ी सख़्तगीर है मगर बाबू हरगोपाल के सामने उसकी कोई पेश न चली और उसे साथ देना ही पड़ा। जैसी कि उम्मीद थी चार पैग पीने के बाद बाबू हरगोपाल ने हामिद से कह ''लो भई अब चलें घूमने मगर देखो कोई ऐसी-टेक्सी पकड़ना जो ज़रा शानदार हो प्राइवेट टेक्सी हो तो बहुत अच्छा है मुझे उन मीटरों से नफ़रत है।

हामिद ने प्राइवेट टेक्सी का बन्दोबस्त कर दिया, नई फोर्ड थी ड्राइवर भी बहुत अच्छा था– बाबू हरगोपाल बहुत खुश हुए, टेक्सी में बैठ कर अपना चौड़ा बटुआ निकाल कर देखा, सौ-सौ के कई नोट थे और इत्मीनान का सांस लिया और अपने आप से कहा काफी हैं– लो भई ड्राइवर अब चलो।

ड्राइवर ने सर पर टोपी को तिरछा किया और पूछा "कहां सेठ" बाबू हरगोपाल हामिद से मुख़ातिब हुए "बोलो भई तुम–"

हामिद ने कुछ देर सोच कर एक ठिकाना बताया, टेक्सी ने उधर का रुख़ किया। थोड़ी ही देर के बाद बम्बई का सबसे बड़ा दल्लाल उनके साथ था। उसने मुख़्तलिफ मुक़ामात की से मुख़्तलिफ़ लड़कियां निकाल कर पेश कीं मगर हामिद को कोई पसन्द न आई, वह नफासत पसन्द था। सफाई का शैदा था। ये लड़कियां सुर्ख़ी पाउडर के बावजूद उसको गन्दी दिखाई दीं। उसके अलावा उनके चेहरों पर कसबियत की मुहर थी। ये उसे बहुत घिनाउनी मालूम होती थी। वह चाहता था कि औरत को कैसी होने पर भी औरत होना चाहिये। अपने औरतपन को पेशे के नीचे दबा नहीं देना चाहिये। इसके बरअक्स बाबू हरगोपाल ग़लाज़त पसन्द था, लाखों में खेलता था, चाहता तो बम्बई का पूरा शहर साबुन से धुलवा देता मगर अपनी ज़ाती सफाई का उसे कुछ ख़्याल नहीं था। नहाता तो बहुत ही थोड़े पानी से, कई-कई दिन शेव नहीं करता था। ग्लास चाहे मैला चिक्कट हो, उठा कर उसमें फर्स्ट क्लास व्हिस्की उंडेल देता था। गलीज़ भिकारिन को सीने के साथ चिमटा कर सो जाता था और कहता था लुत्फ़ आ गया– क्या चीज़ थी।

हामिद को हैरत होती थी कि ये बाबू किस क़िस्म का इनसान है ऊपर से निहायत ही क़ीमती शेरवानी है, नीचे ऐसी बनियान है कि उसको देखने से उब्काइयां आनी शुरू हो जाती हैं। रूमाल पास है लेकिन कुर्ते के दामन से नाक का बहता हुआ रेंठ साफ कर रहा है। ग़लीज़ प्लेट में चाट खाकर ख़ुश हो रहा है, तकिये गिलाफ़ मैले होकर बदबू छोड़ रहे हैं मगर उसे उनको बदलवाने का ख़्याल तक नहीं आता– हामिद ने उसके मुतल्लिक़ बहुत ग़ौर किया था मगर किसी नतीजे पर न पहुंच सका। उसने कई मर्तबा बाबू हरगोपाल से कहा बाबूजी आपको ग़लाज़त से घिन क्यों नहीं आती?

ये सुन कर बाबू हरगोपाल मुस्कुरा देते "क्यों नहीं आती– लेकिन तुम्हें तो हर जगह ग़लाज़त ही ग़लाज़त नज़र आती है, अब उसका क्या

इलाज है'' हामिद ख़ामोश हो जाता और दिल ही दिल में बाबू हरगोपाल की ग़लाज़त पसन्दी पर कुढ़ता रहता। टेक्सी देर तक इधर-उधर आवारा घुमती रही। दल्लाल ने जब देखा कि हामिद इन्तख़ाब के मामले में बहुत कड़ा है तो उसने दिल में कुछ सोचा और ड्राइवर से कहा ''शिवाजी पार्क की तरफ दबाओ- ''वह भी पसंद न आई तो क़सम खुदा की भड़वागीरी छोड़ दूंगा।''

टेक्सी शिवाजी पार्क की एक बंगलानुमा बिल्डिंग के पास रुकी दल्लाल ऊपर चला गया थोड़ी देर के बाद वापस आया और बाबू हरगोपाल और हामिद को अपने साथ ले गया।

बड़ा साफ सुथरा कमरा था फर्श की टाइलें चमक रही थीं, फर्नीचर पर गर्द का ज़र्रा तक नहीं था। इधर दीवार पर स्वामी विवेकानन्द की तस्वीर लटक रही थी। सामने गांधी जी को तस्वीर, सुभाष का फोटो भी था। मेज़ पर मरहट्टी की किताबें पड़ी थीं।

दल्लाल ने उनको बैठने के लिये कहा। दोनों सोफे पर बैठ गए। हामिद घर की सफ़ाई से बहुत प्रभावित हुआ, चीजें मुख़्तसर थीं मगर करीने से रखी गई थीं। फ़िज़ा बड़ी संजीदा थी, उसमें कसबियों का वह बेशर्म तीखापन नहीं था।

हामिद बड़ी बेसबरी से लड़की की आमद का इन्तज़ार करने लगा। दूसरे कमरे से मर्द नमूदार हुआ। उसने होले-होले सरगोशियों में दल्लाल से बातें कीं, बाबू हरगोपाल और हामिद की तरफ़ देखा और कहा ''अभी आती है- नहा रही थी, कपड़े पहन रही है।''

हामिद ने ग़ौर से कमरे की चीज़ें देखना शुरू कीं। मेज़ के पास कोने में बड़ी ख़ूबसूरत रंगीन चटाई पड़ी थी। मेज़ पर किताबों के साथ दस-पन्द्रह रिसाले थे, नीचे बड़े नाज़ुक चप्पल चमकीले फर्श पर पड़े थे, कुछ इस अन्दाज़ से कि अभी-अभी उनसे पांव निकल कर गए हैं। सामने शीशों वाली अलमारी में क़तार दर क़तार किताबें थीं। बाबू हरगोपाल ने फर्श पर जब अपने सिग्रेट का आख़िरी हिस्सा अपनी गुरगाबी के नीचे दबाया तो हामिद को बहुत गुस्सा आया। सोच ही रहा था कि उसे उठाकर बाहर फेंक दे कि दूसरे कमरे के दरवाज़े से उसके कानों में रेशमी सरसराहट पहुंची- उसने ज़ाविया बदल कर देखा एक गोरी चिट्टी लड़की बिल्कुल नए कास्ते में मलबूस नंगे पैर आ रही थी... कास्टे का पल्लू उसके सर से खिसका। सीधी मांग थी जब क़रीब आकर उसने हाथ जोड़कर प्रणाम किया तो उसके

चमकीले जूड़े में हामिद ने एक पत्ता अड़सा हुआ देखा, पत्ते का रंग सफेदी मायल था। मोटे जूड़े में जो बड़ी सफाई से किया गया था ये पत्ता बहुत ख़ूबसूरत दिखाई देता था। हामिद ने प्रणाम का जवाब उठकर दिया, लड़की शरमाती लजाती उनके पास कुर्सी पर बैठ गई।

उसकी उम्र हामिद के अन्दाज़े के मुताबिक़ 17 से ऊपर नहीं थी, क़द म्याना, रंग गोरा जिसमें हल्की-हल्की प्याज़ी झलक थी जिस तरह उसकी साड़ी नई थी उसी तरह वह खुद नई मालूम होती थी। कुर्सी पर बैठ कर उसने बड़ी-बड़ी सियाह आंखें झुकाईं। हामिद को ऐसा महसूस होने लगा कि वह आहिस्ता-आहिस्ता उसके वजूद में सरायत कर रही है लड़की बड़ी साफ-सुथरी, बड़ी उजली थी।

बाबू हरगोपाल ने हामिद से कुछ कहा तो वह चौंक पड़ा जैसे उसको किसी ने झनझोड़कर जगा दिया है। क्या कहा बाबू हरगोपाल?"

बाबू हरगोपाल ने कहा "बात करो भई" फिर आवाज़ धीमी कर दी। "मुझे तो ख़ास पसन्द नहीं" हामिद कबाव हो गया उसने लड़की की तरफ देखा। धुला हुआ शबाब उसके सामने बैठा था, निखरी हुई बेदाग़ जवानी। रेशम में लिपटी हुई उसकी नज़रों के सामने थीं जिसको वह हासिल कर सकता था। एक रात के लिए नहीं कई रातों के लिये क्योंकि वह क़ीमत अदा करके अपनाई जा सकती थी। लेकिन हामिद ने जब ये सोचा उसे तो दुःख हुआ कि ऐसा क्यों है। ये लड़की बिकाऊ माल हरगिज़ नहीं होनी चाहिये थी। फिर उसे ख़्याल आया कि अगर ऐसा होता तो उसको हासिल करता।

बाबू हरगोपाल ने बड़े भोंडे अन्दाज़ में पूछा: "क्या ख़्याल है भई"

"ख़्याल?" हामिद फिर चौंका, "आपको तो पसंद नहीं लेकिन मैं.. वह कुछ कहते-कहते रुक गया।

बाबू हरगोपाल बड़े दोस्त नवाज़ थे। उठे और दल्लाल से कारोबारी अन्दाज़ में पूछा "भई क्या देना पड़ेगा?" दल्लाल ने जवाब दिया छोकरी देख लीजिये" अभी ताज़ा-ताज़ा धंदा शुरू किया है।"

बाबू हरगोपाल ने उसकी बात काटी "तुम उसे छोड़ दो" मामले की बात करो-" दल्लाल ने बीड़ी सुलगाई सौ रुपये होंगे"- पूरा दिन रखिये या पूरी रात रखिये एक डेढ़िया कम नहीं होगा।"

बाबू हरगोपाल हामिद से मुख़ातिब हुए "क्यों भई।" बाबू हरगोपाल और दल्लाल की गुफ्तुगू बहुत नागवार गुज़र रही थी। उसको यूं महसूस

होता था कि उस लड़की की तौहीन हो रही है– सौ रुपये में ये धड़कता हुआ शबाब दमकती हुई जवानी– उसको ये सुन कर कोफ़्त हुई कि मरहट्टी हुस्न का जो ये नादिर नमूना उसके सामने सांस ले रहा था उसकी क़ीमत सिर्फ सौ रुपये है– मगर उसको कोफ़्त के साथ ही इस ख़्याल ने उसकी दिल में चुटकी ली कि सौ रुपये देकर आदमी उसको हासिल तो कर सकता है। एक दिन या एक रात के लिए– उसके साथ तो आदमी को अपनी सारी उम्र बिता देनी चाहिये– उसकी हस्ती में अपनी हस्ती मुदग़म कर देनी चाहिए।

बाबू हरगोपाल ने फिर पूछा " क्यों भई कया ख़्याल है?" हामिद अपना ख़्याल ज़ाहिर नहीं करना चाहता था। बाबू हरगोपाल मुस्कुराया। जेब से बटुआ निकाला और सौ का एक नोट दल्लाल को दे दिया।" एक देढ़िया कम एक डेढ़िया ज़्यादा" फिर वह हामिद से मुख़ातिब हुआ। चलो भई– मामला तय हो गया।

हामिद ख़ामोश हो गया। दोनों नीचे उतरकर टेक्सी में बैठे। दल्लाल लड़की लेकर आ गया। वह शर्माती लजाती उनके साथ बैठ गई– होटल में एक कमरे का बन्दोबस्त करके बाबू हरगोपाल अपने लिये कोई लड़की तलाश करने चला गया।

लड़की पलंग पर आंखें झुकाए बैठी थी। हामिद का दिल धक-धक कर रहा था। बाबू हरगोपाल व्हिस्की की बोतल छोड़ गया था। आधी के क़रीब बाक़ी थी। हामिद ने सोडा मंगवाकर एक पैग लगाया। इससे उसमें कुछ जुर्रत पैदा हुई। उसने लड़की के दाएं बैठ कर पूछा "आप का नाम?"

लड़की ने निगाहें उठाकर जवाब दिया "लत्ता मंगावकर" बड़ी प्यारी आवाज़ थी हामिद ने एक बड़ा पैग अपने अन्दर उंडेला और लता के सर से कास्टे का पल्लू हटा कर उसके चमकीले बालों पर हाथ फैरा। लता ने बड़ी-बड़ी सियाह आंखें झपकाईं। हामिद ने साड़ी का पल्लू बिल्कुल नीचे गिरा दिया। चुस्त चोली के खुले गिरेबान से उसको लता के सीने के उभार की नन्ही-सी धड़कती हुई झलक दिखाई दी।

हामिद का सारा वजूद थर्रा गया। उसके दिल में ख़्वाहिश पैदा हुई कि वह चोली बनकर लता के साथ चिमट जाए। उसकी मीठी-मीठी गर्मी महसूस करे और सो जाए। लता हिंदुस्तानी नहीं जानती थी उसको मंगलाव से आए सिर्फ दो महीने हुए थे। मरहट्टी बोलती थी। बड़ी करख़्त ज़ुबान है लेकिन उसके मुंह में ये बड़ी मुलायम हो गई थी। वह टूटी-फूटी

हिन्दुस्तानी में हामिद की बातों का जवाब देती तो वह उससे कहता " नहीं लता तुम मरहट्टी में बात करो मुझे बहुत चांगली लगती है"

लफ़्ज़ "चांगली" सुनकर लता हंस पड़ती और सही शब्द उसको बताती, लेकिन हामिद 'चे' और 'से' के दर्मियान आवाज़ पैदा न कर सकता। उस पर दोनों खिलखिला कर हंसने लगते। हामिद उसकी न समझता लेकिन उसे न समझने में लुत्फ आता था कभी-कभी वह उसके होंठ चूम लेता और उससे कहता "ये प्यारे-प्यारे बोल जो तुम अपने मुंह से निकाल रही हो मेरे मुंह में डाल दो, मैं उन्हें पीना चाहता हूं।" वह कुछ न समझती और हंस देती। हामिद उसे अपने सीने के साथ लगा लेता। लता की बांह बड़ी सुडोल और गोरी-गोरी थीं। उन पर चोली की छोटी-छोटी आस्तीनें फंसी हुई थीं। हामिद ने उनको भी कई बार चूमा। लता का हर अंग हामिद को प्यारा लगता था।

रात को नौ बजे जब हामिद ने लता को उसके घर छोड़ा तो अपने अन्दर एक खालीपन-सा महसूस किया। उसके मुलायम जिस्म का लम्स जैसे एक दम छाल की तरह उतर कर उससे जुदा हो गया।

सारी रात करवटें बदलता रहा। सुबह बाबू हरगोपाल आए। उन्होंने एकान्त में उससे पूछा "क्यों कैसी रही?"

हामिद ने सिर्फ इतना कहा, ठीक थी।

"चलते हो फिर!"

"नहीं मुझे एक ज़रूरी काम है"

"बकवास न करो मैंने तुमसे आते ही कह दिया था कि ये दस दिन तुम मेरे हो।"

हामिद ने बाबू हरगोपाल को यक़ीन दिलाया कि उसे वाक़ई बहुत ज़रूरी काम है। पूणे जा रहा है। वहां उसको एक आदमी से मिलकर अपना काम कराना है। बाबू हरगोपाल आख़िर में मान गए और अकेले अय्याशी करने चले गए।

हामिद ने टेक्सी ली बैंक से रुपये निकल वाए और सीधा लता के यहां पहुंचा। वह अन्दर नहा रही थी। कमरे में एक मर्द बैठा था। वही जिसने पहले दिन कहा था "अभी आती है वह नहा रही थी, कमरे में एक मर्द बैठा था। वही जिसने पहले दिन कहा था "अभी आती है– नहा रही थी, कपड़े बदल रही है" हामिद ने उससे कुछ देर बातें कीं और सौ का एक नोट उसके हवाले कर दिया। लता आई। पहले से भी ज़्यादा साफ़-सुथरी

और निखरी हुई। हाथ जोड़कर उसने प्रणान किया। हामिद उठा और उस मर्द से मुख़तिब हुआ "मैं चलता हूं तुम ले आओ इन्हें समय पर छोड़ जाऊंगा।"

ये कहकर वह नीचे उतर गया लता आई और हामिद के पास बैठ गई। उसका लम्स महसूस करके हामिद को बड़ी राहत हुई। वह उसको वहीं टेक्सी में अपने सीने के साथ भींच लेता। मगर लता ने हाथ के इशारे से मना कर दिया।

शाम के सात बजे तक वो उसके साथ रही– जब उसको घर छोड़ा तो ऐसा महसूस किया कि उसके दिल की राहत उससे जुदा हो गई है। रात भर वो बेचैन रहा। हामिद शादीशुदा था। छोटे-छोटे दो बच्चों का बाप था। उसने सोचा कि वह सख़्त हिमाकत रहा है। अगर उसकी बीवी को पता चल गया तो आफत बरपा हो जाएगी। एक बार सिलसिला हो गया ठीक है। मगर ये सिलसिला तो अब दराज़ होने की तरफ था। उसने अहद कर लिया कि अब शिवाजी पार्क का रुख नहीं करेगा मगर सुबह दस बजे वह फिर लता के साथ होटल में लेटा था।

पन्द्रह दिन तक हामिद बिला नाग़ा लता के हां जाता रहा– उसके बैंक के आउट में से दो हज़ार रुपये उड़ चुके थे। कारोबार अलग उसकी ग़ैर मौजूदगी के कारण नुक्सान उठा रहा था। हामिद को उसका कामिल एहसास था मगर लता उसके दिल-व-दिमाग पर बुरी छा चुकी थी।लेकिन हामिद ने हिम्मत से काम लिया और एक दम ये सिलसिला मुनकता कर दिया।

उस दौरान में बाबू हरगोपाल अपनी मैली और ग़लीज़ अय्याशियां ख़त्म करके लाहौर वापस जा चुका था। हामिद ने खुद को ज़बरदस्ती अपने कारोबारी कामों में मसरूफ़ कर दिया और लता को भूलने की कोशिश की।

चार महीने गुज़र गए हामिद साबित क़दम रहा लेकिन एक दिन इत्ततेफ़ाक़ से उसका गुज़र शिवाजी पार्क से हुआ। हामिद ने ग़ैरइरादी तौर पर टेक्सी वाले से कहा "रोक लो यहां–" टेक्सी रुकी, हामिद सोचने लगा। "नहीं ये ठीक नहीं– टेक्सी वाले से कहो चले।" मगर दरवाज़ा खोलकर वह बाहर निकला और ऊपर चला गया।

लता आई तो हामिद ने देखा कि वो पहले से मोटी है छातियां ज़्यादा बढ़ी हैं। चेहरे पर गोश्त बढ़ गया है। हामिद ने सौ रुपये दिये और उसको होटल में ले गया।

यहां उसको जब मालूम हुआ कि लता हामला है तो उसके औसान

ख़ता हो गए। सारा नशा हर हो गया घबराकर उसने पूछा ''ये– हमल किसका है?''

लता कुछ न समझी, हामिद ने उसको बड़ी मुश्किल से समझाया तो उसने सर हिला के कहा हम को मालूम नहीं'' हामिद पसीना-पसीना हो गया। ''नहीं बिल्कुल मालूम नहीं'' लता ने सर हिलाया ''नहीं''

हामिद ने थूक निगल कर पूछा ''कहीं– मेरा तो नहीं है?''

''मालूम नहीं''

हामिद ने मजीद खुलासा किया। बहुत-सी बातें कीं तो उसे मालूम हुआ कि लता के साथियों ने हमल गिरवाने की बहुत कोशिश की मगर कामयाब न हुए। कोई दवा असर न करती थी। एक दवा ने वो उसे बीमार कर दिया। चुनांचे एक महीना वो बिस्तर पर पड़ी रही। हामिद ने बहुत सोचा एक ही बात उसकी समझ में आई कि किसी अच्छे डाक्टर से मशवरा करे और बहुत जल्दी करे क्योंकि बच्चे की ख़ातिर लता को गांव भेजा जा रहा था।

हामिद ने उसको घर छोड़ा और एक डाक्टर के पास गया जो उसका दोस्त था। उसने हामिद से कहा ''देखो ये मामला बड़ा ख़तरनाक है ज़िन्दगी और मौत का सवाल दरपेश होता है।''

हामिद ने उससे कहा ''यहां मेरी ज़िन्दगी और मौत का सवाल है– नुतफा यक़ीनन मेरा है मैंने अच्छी तरह हिसाब लगाया है, उससे भी अच्छी तरह दरयाफ़्त किया है, खुदा के लिए आप सोचिये मेरी पोजीशन क्या है– मेरी औलाद– मैं तो ये सोचते ही कांप-कांप जाता हूं। अप मेरी मदद नहीं करेंगे तो सोचता-सोचता पागल हो जाऊंगा–''

डाक्टर ने उसको दवा दे दी। हामिद ने लता को पहुंचा दी मगर कोई असर न हुआ। हामिद खुशख़बरी सुनने के लिये बेताब था मगर ये भी करीगर साबित न हुई। अब लता का पेट साफ नुमायां था। उसके साथी उसे गांव भेजना चाहते थे। लेकिन हामिद ने उनसे कहा ''यहीं अभी ठहर जाओ– मैं कुछ और बन्दोबस्त करता हूं'' बन्दोबस्त कुछ भी न हुआ। सोच-सोच कर हामिद का दिमाग़ आजिज़ आ गया। क्या करे क्या न करे। कुछ उसकी समझ में नहीं आता था– बाबू हरगोपाल पर सौ-सौ लानतें भेजता था। अपने आपको कोसता था कि क्यों उसने हिमाक़त की। ये सोचता तो लरज़ जाता कि अगर लड़की पैदा हुई तो वह भी अपनी मां की तरह पेशा करेगी, डूब मरने की बात है।

उसको लता से नफरत हो गई। उसका हुस्न उसके दिल में अब पहले से जज़्बात पैदा न करता। ग़लती से उसका हाथ लता से छू जाता तो उसको ऐसा महसूस होता कि उसने अंगारों में हाथ झोंक दिया है। उसको अब लता की कोई अदा पसंद नहीं थी। उसकी ज़बरदस्त ख़्वाहिश थी कि वह उसका बच्चा जनने से पहले-पहले मर जाए, वाह और मर्दों के पास भी जाती रही थी, क्या उसे हामिद का नुत्फा क़बूल करना था?

हामिद के जी में आया कि वह उसके सूजे हुए पेट में छुरा भोंक दे या कोई ऐसा हीला-बहाना करे कि उसका बच्चा पेट ही में मर जाए। लता भी काफी फिक्रमंद थी। उसकी कभी ख़्वाहिश नहीं थी कि बच्चा हो। इसके अलावा उसको बहुत ही बोझ महसूस होता था, शुरू-शुरू में तो उसको उल्टियों ने निढाल कर दिया था अब हर समय उसके पेट में ऐंठन-सी रहती थी। मगर हामिद समझता था कि वह फिक्रमंद नहीं है "और कुछ नहीं तो कमबख़्त मेरी हालत देख कर ही तरस खाकर बच्चा क़ै कर दे।"

दवाएं छोड़कर टोने-टोटके भी किये मगर बच्चा इतना हटधर्म था कि अपनी जगह पर क़ायम रहा– थक-हार कर हामिद ने लता को गांव जाने की इजाज़त दे दी लेकिन खुद वहां जाकर मकान देख आया। हिसाब के मुताबिक़ अक्टूबर के पहले हफ़्ते में पैदा होना था। हामिद ने सोच लिया था कि वह उसे किसी न किसी तरह मरवा डालेगा, चूनांचे इस गरज़ से उसने बम्बई के एक बहुत बड़े दादा से राहो-रसम पैदा की उसको ख़ूब खिलाता-पिलाता रहा। उस पर उसका काफी रुपया ख़र्च हुआ मगर हामिद ने कोई ख़्याल न किया।

समय आया तो उसने अपनी सारी स्कीम दादा करीम को बता दी। एक हज़ार रुपये तै हुए। हामिद ने फौरन दे दिये। दादा करीम ने कहा "इतना छोटा बच्चा मुझ से नहीं मारा जाएगा। मैं लाकर तुम्हारे हवाले कर दूंगा। आगे तुम जानो और तुम्हारा काम! वैसे ये राज़ मेरे सीने में दफन रहेगा। इसकी तुम कुछ फिक्र न करो।"

हामिद मान गया। उसने सोचा वह बच्चे की गाड़ी की पटरी पर रख देगा। अपने आप कुचला जाएगा या किसी और तरकीब से उसका खा़त्मा कर देगा– दादा करीम ने पता किया कि बच्चा पन्द्रह दिन हुए पैदा हो चुका है, हामिद के दिल में वह जज़्बा पैदा हुआ जो अपने पहले लड़के की पैदाइश पर उसको महसूस हुआ था मगर उसने उसको वहीं दबा दिया और

करीम से कहा "देखो आज रात ये काम हो जाए।"

रात के बारह बजे एक उजाड़ जगह पर हामिद खड़ा इंतज़ार कर रहा था। उसके दिलो-दिमाग़ में एक अजीब तूफान बरपा था। वह ख़ुद को बड़ी मुश्किलों से कातिल में तब्दील कर चुका था। वह पत्थर जो उसके सामने पड़ा था बच्चे का सर कुचलने के लिये काफी था। कई बार उसे उठाकर वह उसके वज़न का अन्दाज़ा कर चुका था।

साढ़े बारह हुए तो हामिद के क़दमों की आवाज़ आई। हामिद का दिल इस ज़ोर से धड़कने लगा जैसे सीने से बाहर आ जाएगा। दाद करीम अंधेरे में नमूदार हुआ। उसके हाथों में कपड़ की एक छोटी-सी गठरी थी पास आकर उसने हामिद के कांपते हुए हाथों में दे दी और कहा मेरा काम ख़त्म हुआ– मैं चला।"

ये कहकर वह चला गया। हामिद बुरी तरह कांप रहा था। बच्चा कपड़े के अन्दर हाथ-पांव मार रहा था। हामिद ने उसे ज़मीन पर रख दिया। थोड़ी देर अपने कंपन पर क़ाबू पाने की कोशिश की। जब ये कुछ कम हुआ तो उसने वज़नी पत्थर उठाया। टटोलकर सर देखा। पत्थर ज़ोर से पटकने ही वाला था कि उसने सोचा, बच्चे को एक नज़र देख तो लूं! पत्थर एक तरफ रखकर उसने कांपते हुए हाथों से दियासलाई निकाली और एक तीली सुल्गाई। ये उसकी उंगलियों ही में जल गई। उसकी हिम्मत न पड़ी। कुछ देर सोचा। दिल मज़बूत किया, दिया सलाई की तीली जलाई, कपड़ा हटाया। पहले सरसरी नज़र से देखा फिर एकदम ग़ौर से देखा, तीली बुझ गई– ये किसकी शक्ल थी?– उसने कहीं देखी थी। कहां?– कब–?

हामिद ने जल्दी-जल्दी एक-एक तीली जलाई और बच्चे के चेहरे को ग़ौर से देखा– एकदम उसकी आंखों के सामने उस मर्द का चेहरा आ गया जिसके साथ लता शिवाजी पार्क में रहती थी– हत तेरी, ऐसी की तैसी– हू बहू वही शक्ल– वही नाक नक्शा।

हामिद ने बच्चे को वहीं छोड़ा और क़हक़हे लगाता चला गया–

लाइसंस

अब्बू कोचवान बड़ा छैल-छबीला था। उसका तांगा भी शहर से नम्बर वन था। कभी मामूली सवारी नहीं बिठाता था। उसके लगे-बंधे ग्राहक थे। जिनसे उसको रोज़ान दस पन्द्रह रुपये वसूल हो जाते थे जो अब्बू के लिए काफी थे। दूसरे कोचवानों की तरह नशा पानी की उसे आदत नहीं था लेकिन साफ-सुथरे कपड़े पहनने और हर समय बांका बने रहने का उसे बेहद शौक़ था।

जब उसका तांगा किसी सड़क पर से घुंघरू बजाता तो लोगों की आंखें खुद-ब-खुद उसकी तरफ़ जातीं– "वह बांका अब्बू जा रहा है।– देखो तो किस ठाठ से बैठा है। ज़रा पगड़ी देखो कैसी तिरछी बंधी है।"

अब्बू लोगों की निगाहों से ये बातें सुनता तो उसकी गर्दन में एक बड़ा बांका खम पैदा हो जाता। और उसके घोड़े की चाल और ज़्यादा पुरकशिश हो जाती। अब्बू के हाथों ने घोड़े की बागें कुछ इस अन्दाज़ से पकड़ी हुई थीं जैसे उनको उसे पकड़ने की ज़रूरत नहीं। ऐसा लगता था कि घोड़ा इशारों के बग़ैर चला जा रहा है। उसको अपने मालिक के हुक्म की ज़रूरत नहीं किसी समय तो ऐसा महसूस होता था कि अब्बू और उसका घोड़ा चुन्नी दोनों एक हैं। बल्कि सारा तांगा एक हस्ती है और हस्ती अब्बू के सिवा और कौन हो सकती थी।

वह सवारियां जिनको अब्बू क़बूल नहीं करता था दिल ही दिल में उसे गालियां देती थीं। बाज़ बद्दुआ भी देती थीं। "खुदा करे उसका घमंड टूटे– उसका तांगा किसी दरिया में जा गिरे।"

अब्बू के होटों पर जो हल्की-हल्की मूंछों की छांव में रहते थे खुद

ऐतमादी की मुस्कुराहट नाचती रहती थीं।

उसको देखकर कई कोचवान जल-भुन जाते थे। अब्बू की देखा-देखी चन्द कोचवानों ने इधर-उधर से क़र्ज़ लेकर तांगे बनवाए। उनको पीतल के साज़ो-सामान से सजाया मगर फिर भी अब्बू की शान पैदा न हो सकी। उनको वह ग्राहक नसीब न हो सके जो अब्बू के और उसके तांगे-घोड़े के शैदा थे।

एक दिन दोपहर को अब्बू पेड़ की छांव में तांगे पर बैठा ओंघ रहा था कि एक आवाज़ उसके कानों में भनभनाई। अब्बू ने उसे ब-मुश्किल एक नज़र देखा मगर उसकी तीखी जवानी एक दम उसके दिल में ख़ूब गई। वह औरत नहीं जवान लड़की थी। सोलह-सत्रह वर्ष की, दुबली-पतली लेकिन मज़बूत। रंग सांवला मगर चमकीला। कानों में चांदी की छोटी-छोटी बालियां। सीधी मांग सितवां नाक- उसकी फनंग पर एक छोटा चमकीला तिल- लम्बा कुर्ता और नीला पायजामा, सर पर चदरिया।

लड़की ने कावीरी आवाज़ में अब्बू से पूछा ''वेरा टीशन का क्या लोगे?

अब्बू के होटों की मुस्कुराहट शरारत इख़्तयार कर गई।

''कुछ नहीं''

लड़की के चेहरे की सावलाहट सुर्ख़ी माइल हो गई। ''क्या लोगे टीशन का''

अब्बू ने उकसो अपनी नज़रों में समोते हुए कहा। ''तुझ से क्या लेना है, भाग भरिये- चल आ बैठ तांगे में।'' लड़की ने घबराए हुए हाथों से अपने मज़बूत सीने की ढांका हालांकि वह ढ़का हुआ था।

''कैसी बातें करते हो तुम।''

अब्बू मुस्कुराया, ''चल आ अब बैठ भी जा- ले लेंगे जो तू देगी।''

लड़की ने कुछ देर सोचा, फिर पायदान पर पांव रखकर तांगे में बैठ गई ''जल्दी ले चल टीशन''

अब्बू ने पीछे मुड़कर देखा ''बड़ी जल्दी है तुझे सोहनि।

''हाय हाय, तू तू...'' लड़की कुछ और कहते-कहते रुक गई। तांगा चल पड़ा- और चलता रहा- कई सड़कें घोड़े के सुमों के नीचे से निकल गईं। लड़की सहमी बैठी थी। अब्बू के होंटों पर शरारत भरी मुस्कुराहट नाच रही थी। जब बहुत देर हो गई तो लड़की ने डरी हुई आवाज़ में पूछा।

''टीशन नहीं आया, अभी तक?''

अब्बू ने मानाख़ेज़ अन्दाज़ में जवाब दिया "आ जाएगा– तेरा मेरा टीशन एक ही है"

"क्या मतलब?"

अब्बू ने पलट कर लड़की तरफ देखा और कहा "अल्हरे– क्या तू इतना भी नहीं समझती। तेरा मेरा टीशन एक ही है– उसी समय एक ही गया था जब अब्बू ने तेरी तरफ देखा था– तेरी जान की क़सम तेरा गुलाम झूट नहीं बोलता।"

लड़की ने सर पर पल्लू ठीक किया। उसकी आंखें साफ बता रही थीं कि वह अब्बू का मतलब समझ चुकी है। इसके चेहरे से इस बात का भी पता चलता था कि उसने अब्बू की बात का बुरा नहीं माना। लेकिन वह इस कशमकश में थी कि दोनों क़ा टीशन एक हो या न हो, अब्बू बांका सजीला तो है लेकिन क्या वफादार भी है। क्या वह अपना टीशन छोड़ दे जहां उसकी गाड़ी पता नहीं कब की जा चुकी थी।

अब्बू की आवाज़ ने उसको चौंका दिया "क्या सोच रही है भाग भरिये।"

घोड़ा मस्तखरानी से दुल्की चल रहा था। हवा खुनक थी। सड़क के दोनों तरफ उगे हुए दरख़्त भाग रहे थे। उनकी टहनियां झूम रही थीं। घुंघरुओं की यक आहंग झुंझलाहट के सिवा और कोई आवाज़ नहीं थी। अब्बू गर्दन मोड़े लड़की के सांवले हुस्न को दिल ही दिल चुम रहा था– कुछ देर के बाद उसने घोड़े की बागें जंगले की सलाख़ के साथ बांध दीं और उचक कर पिछली सीट पर लड़के के साथ बैठ गया। वह ख़ामोश रही। अब्बू ने उसके दोनां हाथ पकड़ लिये "दे दे अपनी बागें पेरे हाथ में"

लड़की ने सिर्फ इतना कहा "छोड़ भी दे।"

लेकिन वह फौरन ही अब्बू के बाजुओं में थी। उसके बाद उसने मज़ाहमत न की। को उसका दिल अलबत्ता ज़ोर-ज़ोर से फरफरा रहा था जैसे खुद को छुड़ाकर उड़ जाना चाहता है।

अब्बू होले-होले प्यार भरे लेहजे में उसे कहने लगा। "ये तांगा घोड़ा मुझे अपनी जान ज़्यादा अज़ीज़ था। लेकिन क़सम ग्यारहवीं वाले पीर की ये बेच दूंगा और तेरे लिये सोने के कड़े बनवाऊंगा– आप फटे पुराने कपड़े पहनूंगा लेकिन तुझे शहाज़ादी बना कर रखूंगा।

क़सम वहदहू लाशरीक की ज़िन्दगी में ये मेरा पहला प्यार है तुम मेरी न बनीं तो मैं तेरे सामने गला काट लूंगा अपना। फिर उसने लड़की को

अपने से अलग कर दिया "जाने क्या हो गया है मुझे– चलो तुम्हें टीशन छोड़ आऊं।"

लड़की ने होले से कहा "नहीं– अब तुम मुझे हाथ लगा चुके हो।"

अब्बू की गर्दन झुक गई "मुझे माफ़ कर दो, ग़लती हुई"

"निभा लोगे इस ग़लती को"

लड़की के लेहजे में चेलेंज था, जैसे किसी ने अब्बू से कहो "ले जाओगे अपना तांगा उस तांगे से आगे निकाल के।"

उसका झुका हुआ सर उठा आंखें चमक उठीं–

"भाग भरिये–" ये कहकर उसने अपने मज़बूत सीने पर हाथ रखा। "अब्बू अपनी जान दे देगा।"

लड़की ने अपना हाथ बढ़ाया "तो ये है मेरा हाथ।"

अब्बू ने उसका हाथ मज़बूती से पकड़ लिया। "क़सम अपनी जवानी की, अब्बू तेरा गुलाम है।"

दूसरे दिन अब्बू और उस लड़की का निकाह हो गया वह जिला गुजरात की मोचिन थी, नाम उसका इनायत यानी नीस्ती था। अपने रिश्तेदारों के साथ आई थी। वह स्टेशन पर उसका इंतज़ार कर रहे थे कि अब्बू और उसकी मुटभेड़ हो गई जो फौरन ही मुहब्बत की सारी मंज़िलें तै कर गई। दोनों बहुत ख़ुश थे अब्बू ने तांगा घोड़ा बेच कर नीस्ती के लिये सोने के कड़े नहीं बनवाए थे लेकिन अपने जमा किये पैसों से उसकी सोने की बाली ख़रीद दी थी। कई रेश्मी कपड़े भी बनवा दिये थे।

लसलस करते हुए रेशमी लाचे में जब नीसती अब्बू के सामने आई तो उसका दिल नाचने लगता "कसम पंजतन पाक की दुनिया में तुझ–सा सुन्दर और कोई नहीं" ये कहकर वह उसको सीने के साथ लगा लेता "तू मेरे दिल की रानी है।"

दोनों जवानी की मस्तियों में ग़र्क़ थे। गाते थे, हंसते थे, सैर करते थे। एक दूसरे की बलाएं लेते थे। एक महीना इसी तरह गुज़र गया कि अचानक एक दिन पुलिस ने अब्बू को गिरफ्तार कर लिया। नीस्ती भी पकड़ी गई। अब्बू पर अपहरण का मुक़दमा चला। नीस्ती साबित कदम रही लेकिन फिर भी अब्बू को दो वर्ष की सजा हो गई। जब अदालत ने हुक्म सुनाया तो नीस्ती अब्बू के साथ लिपट गई। रोते हुए उसने सिर्फ इतना कहा "मैं अपने मां–बाप के पास कभी नहीं जाऊंगी– घर बैठ कर तेरा इंतज़ार करूंगी–"

अब्बू ने उसके पीठ पर थपकी दी "जीती रह– तांगा घोड़ा मैंने दाने

के सुपुर्द किया हुआ है– उससे किराया वसूल करती रहना।"

नीस्ती के मां-बाप ने बहुत ज़ोर लगाया मगर वह उनके साथ न गई। थक-हार कर उन्होंने उसको अपने हाल पर छोड़ दिया। नीस्ती अकेली रहने लगी। दीना उसे शाम को पांच रुपये दे देता था जो उसके खर्च के लिए काफी थे। इसके अलावा वह मुक़दमे के दौरान में रोज़ाना पांच रुपये के हिसाब से जो कुछ जमा हुआ था वह भी उसके पास था।

हफ्ते में एक बार अब्बू और नीस्ती को मुलाक़ात जेल में होती थी जो कि उन दोनों के लिये बहुत प्रभावित नीस्ती के पास के जितनी जमा पूंजी थी वह अब्बू को आशाइशें पहुंचाने में खर्च हो गई। एक मुलाक़ात में अब्बू ने नीस्ती की कानों की तरफ देखा और पूछा "बालीं कहां गई नीस्ती?"

नीस्ती मुस्कुरा दी और सन्तरी की तरफ देखकर अब्बू से कहा "गुम हो गई कहीं।"

अब्बू ने क़दरे गुस्से होकर कहा "तुम मेरा इतना ख़्याल न रखा करो– जैसा भी हूं ठीक हूं।"

नीस्ती ने कुछ न कहा। समय पुरा हो चुका था। मुस्कुराती हुई वहां से चल दी मगर घर जाकर बहुत रोई। घंटों आंसू बहाए। क्योंकि अब्बू की सेहत गिर रही थी। इस मुलाक़ात में तो वह उसे पहचान नहीं सकी थी। गरान्डियल अब्बू अब घुल-घुल कर आधा हो गया था। नीस्ती सोचती थी कि उसको उसका ग़म खा रहा है। उसकी जुदाई ने अब्बू की ये हालत कर दी है। लेकिन उसको ये मालूम नहीं था कि दिक़ का मरीज़ है। और ये मर्ज़ उसे वरसे में मिला है। अब्बू का बाप अब्बू से कहीं ज़्यादा गरान्डियल था लेकिन दिक़ ने उसे चन्द दिनों ही में क़ब्र के अन्दर पहुंचा दिया। अब्बू का बड़ा भाई कड़ियल जवान था मगर ऐन जवानी में उस मर्ज़ ने उसे बदोच लिया था। खुद अब्बू इस हक़ीक़त से ग़ाफ़िल था चूनांचे जेल के हस्पताल में जब वह आख़िरी सांस ले रहा था उसने अफसोसे भरे लेहजे में नीस्ती से कहा "मुझसे मालूम होता कि मैं इतनी जल्दी मर जाऊंगा तो क़सम वहदहू लाशरीक की तुझे कभी अपनी बीवी न बनाता– मैंने तेरे साथ बहुत जल्म किया– मुझे माफ कर दे– और देख मेरी एक निशानी है, मेरा तांगा घोड़ा– उसका ख़्याल रखना– और चुन्नी बेटे के सर पर हाथ फेर कर कहना। "अब्बू ने तुझे प्यार भेजा है।"

अब्बू मर गया– नीस्ती का सब कुछ मर गया मगर वह हौसले वाली औरत थी, इस सदमें को उसने बर्दाश्त कर ही लिया। घर में तनेतनहा पड़ी

रहती थी। शाम को दीना आता था और उसे दम दिलासा देता था और कहता था "कुछ फिक्र न करो भाबी अल्लाह मियां के आगे किसी की नहीं चलती– अब्बू मेरा भाई था– मुझ से जो हो सकता है खुदा के हक्म से करूंगा।"

शुरू-शुरू में तो नीस्ती न समझी पर जब उसके इद्दत के दिन पूरे हुए तो दीने ने साफ लफ़्ज़ों में कहा कि "वह उससे शादी कर ले।" ये सुनकर नीस्ती के जी में आया कि वह उसको धक्का देकर बाहर निकाल दे मगर उसने सिर्फ इतना कहा "भाई मुझे शादी नहीं करनी।"

उस दिन से दीने के रवैये में फर्क़ आ गया पहले शाम का बिला नाग़ा पांच रुपये अदा करता था अब कभी चार देने लगा कभी तीन बहाना ये कि बहुत मंदा है। फिर दो-दो तीन-तीन दिन ग़ायब रहने लगा बहाना ये कि बीमार था या तांगे का कल पर्जा ख़राब हो गया था इसलिए जू न सकता। जब पानी सर से निकल गया तो नीस्ती ने दीने से कहा "भाई अब तुम तकलीफ न करो तांगा घोड़ा मेरे हवाले कर दो।"

बड़ी हुज्जत के बाद दीने ने अनमना-सा होकर तांगा घोड़ा नीस्ती की तहवील में दे दिया। उसने मांझे के सुपुर्द कर दिया जो अब्बू का दोस्त था। उसने भी कुछ दिनों के बाद शादी की दरख़्वास्त की। नीस्ती ने इन्कार किया तो उसकी आंखें बदल गईं। हमदर्दी वग़ैरह सब हवा हो गई। नीस्ती ने उससे तांगा घोड़ा वापस ले लिया और एक अनजाने कोचवान के हवाले कर दिया। उसने तो हद ही कर दी एक शाम पैसे देने आया तो शराब में धुत था। ड्योढ़ी में कदम रखते ही नीस्ती पर हाथ डालने की कोशिश की। नीस्ती ने उसको ख़ूब सुनाई और काम से हटा दिया।

आठ-दस दिन तांगा घोड़ा बेकार तबीले में पड़ा रहा घास चरने का खर्च अलाहदा। तबीले का किराया अलाहदा, नीस्ती अजीब उलझन में गिरफ्तार थी। कोई शादी की दरख़्वास्त करता था, कोई इसमत पर हाथ डालने की कोशिश करता था, कोई पैसे मार लेता था। बाहर निकलती थी तो लोग बुरी निगाहों से घूरते थे। एक रात उसका हमसाया दीवार फांद के आ गया और दराज़दस्ती करने लगा। नीस्ती सोच-सोचकर पागल हो गई कि क्या करे।

एन दिन बैठे-बैठे उसे ख़्याल आया "क्यों न तांगा में आप ही जोतूं, आपही चलाऊं"– अब्बू के साथ जब वह सैर को जाया करती थी तो तांगा ख़ुद ही चलाया करती थी। शहर के रास्तों से भी वाक़िफ थी लेकिन फिर

उसने सोचा लोग क्या कहेंगे–" उसके जवाब में उसके दिमाग़ ने कई दलीलें दीं," क्या हर्ज है– क्या औरतें मेहनत मज़दूरी नहीं करतीं– ये कोयले वालियां– ये दफ्तरों में जाने वाली औरतें– घर में बैठ कर काम करने वालियां तो हज़ारों होंगी– पेट किसी हीले से पालना ही है।"

नीस्ती ने कुछ दिन सोच-विचार किया, आख़िर में फैसला कर लिया कि वह तांगा ख़ुद चलाएगी।" उसको ख़ुद पर पूरा ऐतमाद था। चुनांचे अल्लह का नाम लेकर वह तबीले पहुंच गई– तांगा जोतने लगी तो सारे कोचवान हक्का-बक्का रह गए। बाज मज़ाक समझ कर ख़ूब हंसे। जो बुजुर्ग थे उन्होंने कहा कि ऐसा न करो। ये मुनासिब नहीं मगर नीस्ती न मानी। तांगा ठीक-ठाक किया पीतल का साज़ो-सामान अच्छी तरह चमकाया घोड़े को ख़ूब प्यार किया और अब्बू से दिल ही दिल में प्यार की बातें करती तबीले से बाहर निकल गई। कोचवान हैरतज़दा थे क्योंकि नीस्ती के हाथ रवां थे जैसे वह तांगा चलाने के फन पर हावी है।

शहर में तहलका बरपा हो गया कि एक ख़ूबसूरत औरत तांगा चला रही है। हर जगह इस बात का चर्चा था लोग सुनते थे तो उस वक़्त का इंतज़ार करते थे जब वह उनकी सड़क पर से गुज़रेगी।

शुरू-शुरू में तो मर्द सवारियां झिझकती थीं मगर ये झिझक थोड़ी देर में दूर से गई और ख़ूब आमदनी होने लगी। एक मिनट के लिये भी नीस्ती का तांगा बेकार न रहता था। इधर सवारी उतरी, उधर बैठी। आपस में कभी-कभी सवारियों की लड़ाई भी हो जाती थी इस बात पर नीस्ती को पहले किसने बुलाया था।

जब काम ज़्यादा हो गया तो नीस्ती ने तांगा जोतने के औक़ात मुकर्रर कर दिये, सुबह सात बजे से बारह बजे, दोपहर दो बजे से छः बजे तक– ये सिलसिला बश आरामदह साबित हुआ चुन्नी भी खुश था मगर नीस्ती महसूस कर रही थी कि अक्सर लोग सिर्फ उसकी कुर्बत हासिल करने के लिए उसके तांगे में बैठते। बे मतलब, बे मक़सद उसे इधर-उधर फिराते थे। आपस में गंदे-गंदे मज़ाक़ भी करते थे। सिर्फ उसको सुनाने के लिए बातें करते थे। उसको ऐसा लगता था कि वह तो ख़ुद को नहीं बेचती लेकिन लोग चुपके-चुपके उसे ख़रीद रहे हैं। उसको इस बात का भी एहसास था कि शहर के सारे कोचवान उसको बुरा समझते हैं। उन तमाम एहसासात के बावजूद परेशान नहीं थी। अपनी ख़ुद ऐतमादी के बाइस वह पुरसुकून थी।

एक दिन कमेटी वालों ने नीस्ती को बुलाया और उसका लाइसंस जब्त

कर लिया। वजह यह बताई कि औरत तांगा नहीं चला सकती। नीस्ती ने पूछा "जनाब– औरत तांगा क्यों नहीं चला सकती?"

जवाब मिला "बस, नहीं चला सकती, तुम्हारा लाइसंस जब्त है।"

नीस्ती ने कहा "हुज़ूर, आप घोड़ा-तांगा भी जब्त कर लें पर मुझे ये तो बताएं कि औरत तांगा क्यों नहीं जोत सकती, औरतें चर्खा चलाकर अपना पेट पाल सकती हैं, औरतें टोकरी ढो कर रोज़ी कमा सकती है, औरतें लाइनों पर कोयले चुन-चुन कर अपनी रोटी पैदा कर सकती है– मैं तांगा क्यों नहीं चला सकती, मुझे और कुछ आता ही नहीं– तांगा-घोड़ा मेरे ख़ाविन्द का है, मैं उसे क्यो नहीं चला सकती– मैं अपना गुजारा कैसे करूंगी?"– हुज़ूर आप रहम करें– मेहनत मज़दूरी से क्यों रोकते हैं मुझे?– मैं क्या करूं, बताइये न मुझे?"

अफ्सर ने जवाब दिया "जाओ बाज़ार में जाकर बैठो– वहां ज़्यादा कमाई है।"

ये सुनकर नीस्ती के अन्दर जो असल नीस्ती थी जलकर राख हो गई– होले से "अच्छा जी" कह कर वह चली गई। औने-पौने दामों तांगा-घोड़ा बेचा और सीधी अब्बू की कब्र पर गई। कुछ क्षण के लिए ख़ामोश खड़ी रही, उसकी आंखें बिल्कुल खुश्क थीं, जैसे बारिश के बाद चिलचिलाती धूप के ज़मीन की सारी नमी चूस ली थी। उसके भींचे हुए होंट वा हुए और वह क़ब्र से मुख़ातिब हुई "अब्बू– तेरी नीस्ती आज कमेटी के दफ्तर में मर गई।"

ये कह कर वह चली गई, दूसरे दिन अर्जी दी– उसको अपना जिस्म बेचने का लाइसंस मिल गया।

झूठी कहानी

कुछ अर्से से अल्पसंख्यक अपने अधिकारों की रक्षा के लिए जागरूक हो रहे थे। उनको जगाने वाले बहुसंख्यक थे जो एक मुद्दत से अपने लाभ के लिए उन पर दबाव डाल रहे थे। इस जागरूकता की लहर ने कई संस्थाएं स्थापित कर दी थीं। होटल के बैरों की संस्था, हजामों की संस्था, कलर्कों की संस्था, अख़बार वालों में काम करने वाले पत्रकारों की संस्था। प्रत्येक अल्पसंख्यक अपनी संस्था या तो बना चुके थे या बना रहे थे ताकि अपने अधिकारों की रक्षा कर सकें।

ऐसी प्रत्येक संस्था की स्थापना पर अख़बारों में टिप्पणियां होती थीं। बहुसंख्यक के हिमायती उनका विरोध करते थे। यहां तक कि कुछ अर्से से एक अच्छा-ख़ासा हंगामा बरपा था जिससे रौनक़ लगी रहती थी। मगर एक दिन जब अख़बारों में ये ख़बर छपी कि देश के दस नम्बरिये गुण्डों ने अपनी संस्था स्थापित की है तो वहुसंख्यक और अल्पसंख्यक दोनों में सनसनी फैल गईं। शुरू-शुरू में तो लोगों ने ख़्याल किया कि बे-पर की उड़ा दी है किसी ने, लेकिन जब उस संस्था ने अपना उद्देश्य छपवाया और एक नियम क्रमबद्ध किया तो पता चला कि ये कोई मज़ाक़ नहीं। गुण्डे और बदमाश वाक़ई खुद को इस संस्था के साये में इकट्ठे और कार्य रूप देने का पूरा-पूरा तहैया कर चुके हैं।

इस संस्था की एक-दो मीटिंगें हो चुकी थीं। इनके व्याख़्यान अख़बारों में छप चुके थे। लोग पढ़ते और हतप्रभ रह जाते। कुछ कहते कि अब प्रलय आने में ज़्यादा समय बाक़ी नहीं।

उद्देश्य की एक लम्बी-चौड़ी सूची थी। जिसमें ये कहा गया था कि

गुंडों और बदमाशों की यह संस्था सब से पहले तो इस बात का विरोध करेगी कि समाज में उनको घृणा की दृष्टि से देखा जाता है। वो भी दूसरों की तरह बल्कि उनके मुक़ाबले में कुछ ज़्यादा अमनपसंद नागरिक हैं। उनको गुंडे और बदमाश न कहा जाये, इसलिए कि इससे उनकी मान-मर्यादा प्रभावित होती है। वो स्वयं अपने लिए कोई उचित और प्रतिष्ठित नाम प्रस्तावित कर लेते मगर इस विचार से अपने मुंह मियां मिट्ठू की कहावत उनपर चिपका न हो, वो इसका फ़ैसला जन-साधारण पर छोड़ते हैं। चोरी-चकारी डकैती और रहज़नी, पाकिटमारी और जालसाज़ी, पत्तेबाज़ी और ब्लेक मार्केटिंग आदि घृणित कर्यों के बजाये 'फ़नून-लतीफ़ा' में शुमार होने चाहिये। उन लतीफ़-फ़नून के साथ अब तक जो बुरा सलूक किया गया है, उसकी पूरी तलाफ़ी इस यूनियन का उद्देश्य है।

ऐसे ही कई उद्देश्य थे जो सुनने और पढ़ने वालों को बड़े अजीबो-ग़रीब मालूम होते थे। प्रकट में ऐसा था कि चंद बेफ़िक्रे 'ज़रीफ़ों' ने लोगों की तफ़रीह के लिए ये सब बातें घड़ी हैं। ये चुटकुला ही तो मालूम होता था कि यूनियन अपने मेम्बरों की क़ानूनी हिफ़ाज़त का जिम्मा लेगी और उनकी सरगर्मियों के लिए अनुकूल और खुशगवार फ़िज़ पैदा करने के लिए पूरा-पूरा संघर्ष करेगी। वो अधिकारी समय पर ज़ोर देंगे कि यूनियन के प्रत्येक सदस्य पर उसके पद और रुतबे के लिहाज़ से मुक़दमा चलाया जाय और सज़ा देते वक़्त भी उसको पेश-नज़र रखा जाये। हुकूमत लोगों को अपने घरों में चोरों का विद्युत अलार्म न लगाने दे, इसलिए कि कभी-कभी ये जानलेवा साबित होता है। जिस तरह सयासी क़ैदियों को जेल में ए और बी क्लास की छूट दी जाती है, इसी तरह इस यूनियन के मेम्बरों को दी जाएं। यूनियन इस बात का भी ज़िम्मा लेती थी वो अपने मेम्बरों को ज़ईफ़ और नाकारा या किसी हादसे का शिकार हो जाने की सूरत में हर माह गुज़ारे के लिए माक़ूल रक़म देगी। जो मेम्बर किसी ख़ास शोबे में महारत हासिल करने के लिए विदेश जाना चाहेगा, उसे वज़ीफ़ा देगी इत्यादि।

स्पष्ट है कि अख़बार में इस यूनियन की स्थापना पर ख़ूब टिप्पणीबाज़ी हुई। लगभग सभी इसके विरोधी थे। कुछ लोगों का कहना था कि ये कम्युनिज़्म का अन्तिम रूप है, और इसके संस्थापकों के डांडे क्रीमनल से मिलाते थे। हुकूमत से चुनांचि बार-बार दरख़्वास्त की जाती कि वो इस फ़ितने को फ़ौरन कुचल दे। क्योंकि अगर उसको ज़रा भी पनपने का मौक़ा दिया गया तो समाज में ऐसा ज़हर फैलेगा कि उसका काट मिलना मुश्किल

हो जायेगा।

ख़्याल था कि तरक़्क़ीपसंद इस यूनियन की तरफ़दारी करेंगे कि उसमें एक जिद्दत थी और पुरानी क़दरों से हटकर उसने अपने लिए एक बिल्कुल नया रास्ता तलाश किया था और फिर ये कि वो इसे कम्युनिस्टों से अलग समझते थे, मगर हैरत है कि अल्पसंख्यक के ये सबसे बड़े तरफदार पहले तो इस मामले में ख़ामोश रहे और बाद में दूसरों के हमनवा हो गये और इस युनियन की बीख़कुनी पर ज़ोर देने लगे।

अख़बारों में ंगामा बरपा हुआ तो मुल्क के कोने-कोने में इस यूनियन की स्थापना के खिल।फ़ जलसे होने लगे। लगभग हर पार्टी के नामी लीडरों ने प्लेटफ़ार्म पर अ।फ़र उस नंग तहज़ीबो तमद्दुन जमाअत का मलऊन क़रार दिया और कहा कि यही वक़्त है जब तमाम लोगों को आपस के झगड़े छोड़कर इस फ़ितनाए-अज़ीम का मुक़ाबला करने के लिए इत्तेहाद, नज़्म और यक़ीने-महकम को अपना मोड़ बना कर डट जाना चाहिए।

इस सारे हंगामे का जवाब युनियन की तरफ़ से एक पोस्टर के द्वारा दिय गया जिसमें संक्षिप्त रूप में ये कहा गया कि प्रेस वहुसंख्यक के हाथ में है, क़ानून उसकी पुश्त पर है। मगर संस्था के हौसले और इरादे पस्त नहीं हुए, वो कोशिश कर रही है कि बहुत-सी रक़म देकर कुछ अख़बार ख़रीद ले और उनको अपने हक़ में कर ले।

ये पोस्टर देश के दरो-दीवार पर चिपका तो कई शहरों से बड़ी-बड़ी चोरियों और डकैतियों की सूचनाऐं प्राप्त हुईं। और इसके चन्द दिन बाद जब एका-एकी दो अख़बारों ने दबी ज़बान में गुंडों और बदकारों की युनियन के ग़र्ज़ और उद्देश्य में इस्लाही पहलू कुरेदना शुरू किया तो लोग समझ गए कि पसे-पर्दा क्या हुआ है।

पहले इन दो अख़बारों की छपाई होने न होने के बराबर थी। निहायत घटिया कागज़ पर छपते थे। लेकिन देखते ही देखते कुछ ऐसी कायाकल्प हुई कि लोग दंग रह गये। सबसे अच्छा एडीटोरियल स्टाफ़ इन दो पर्चों के पास था। दफ़्तर मे एक के बजाये दो-दो टेली प्रिंटर थे। तंख़्वाह निर्धारित समय से पहले मिल जाती थी। बोनस अलग मिलता था। घर का एलाउंस, तांगे का एलाउंस, सिग्रेटों का एलाउंस, चाय का एलाउंस, महंगाई एलाउंस। ये सब एलाउंस मिल कर तंख़्वाह से दुगने हो जाते थे। जो 'दख़्तरज़' के रसिया थे, उनको मुफ़्त परमिट मिलता था और बेहतरीन स्कॉच-व्हिस्की कंट्रोल्ड क़ीमत पर मिलती थीं। अमले के हर आदमी से बाक़ायदा कंट्रेक्ट

किया गया था जिसमें मालिक की तरफ़ से ये इक़रार था कि अगर उसके घर में कभी चोरी हुई या उसकी जेब काट ली गई तो उसे नुक़सान के इलावा हरजाना भी अदा किया जायेगा।

इन दोनों अख़बारों का सरकुलेशन देखते-देखते हज़ारों तक पहुंच गया। आश्चर्य है कि पहले जब इनका सरकुलेशन कुछ भी नहीं था तो ये हर दिन अधिक सरकुलेशन होने के बुलंद-बांग दावे करते थे, मगर जब उनकी कायाकल्प हुई तो इस मामले में बिल्कुल ख़ामोश हो गए। एक ही समय अलबत्ता इन दोनों अख़बारों ने कुछ अर्से के बाद ये एलान छापा कि हमारा सरकुलेशन इस हद तक जा पहुंचा कि यदि हमने उससे पार किया तो व्यापारिक दृष्टिकोण से नुक़सान ही नुक़सान है।

उनके इल्मी व अदबी एडीशनों में अजीबो-ग़रीब मौज़ूआत पर मज़मून छपते थे। चार-पांच तो बड़े ही सनसनीख़ेज़ थे।

ब्लेक मार्केटिंग के लाभ- मआश्यित की रौशनी में

माशरती और मजलिसी दायरे में क़हवाख़ानों की अहमियत

दरूग़ गोरा हाफ़िज़ा बाशद- जदीद साइंटिफ़िक तहक़ीक़

बच्चों में कत्लो-ग़ारतगिरी के फितरी रुजहानात- सादियत पर सेर हासिल तबसरा दुनिया के ख़ौफ़नाक डाकू और तक़दीसे मज़हब।

इश्तहार भी कुछ अजीबो ग़रीब नहीं थे। इसमें मुश्तहिर का नाम पता नहीं होता था। सुर्ख़ियां देकर मतलब की बात मुख़्तसर लफ़्ज़ों में अदा कर दी जाती थी। चन्द सुर्ख़ियां मुलाहज़ा हों:

चोरी के ज़ेवरात ख़रीदने से पहले हमारा निशान ज़रूर देख लिया करें जो खरे माल की ज़मानत है।

ब्लैक मार्किट में सिर्फ़ उसी फ़िल्म के टिकट फ़रोख़्त किये जाते हैं जो तफ़रीह का सामान पेश करता है।

दूध में किन तरीक़ों से मिलावट की जाती है। पत्रिका "दूध का दूध पानी का पानी" मुताला फ़रमाइये।

टोने-टोटके, गण्डे और तावीज़, अमल हमज़ाद और तसख़ीर महबूब के जन्तर मन्तर सब झूठे हैं। खुद को धोखा देने के बजाये महबूब को धोखा दीजिये।

खाने-पीने की सिर्फ़ वो चीज़ें ख़रीदिए जिनमें नुक़्सानदेह चीज़ों की मिलावट न हो।

एक अलग कालम में 'ब्लेक मार्किट में आज के भाव' शीर्षक के

नीचे उन तमाम चीज़ों की कंट्रोल्ड क़ीमत दर्ज होती थी जो सिर्फ़ ब्लेक मार्किट से मिलती थीं। लोगों का कहना था कि इन क़ीमतों में एक पाई की भी कमी-बेशी नहीं होती। जो छूपे-चोरी, चोरी का ख़ास निशान लगाया हुआ माल ख़रीदते थे उन्हें तै किए गए क़ीमत पर सोलह आने खरा माल मिलता था।

गुण्डों, चोरों और बदकारों की संस्था जब धीरे-धीरे नेकनामी हासिल करने लगी तो अरबाब बस्तो-कुशाद की तशवीश दोचंद हो गई। हुकूमत ने अपनी तरफ से ख़ुफ़िया तौर पर बहुत कोशिश की कि उसके अड्डे का सुराग़ लगाये मगर कुछ पता न चला। युनियन की तमाम सरगर्मियां ज़ेरे-ज़मीन यानी अंडर ग्राउंड थीं। ऊंची सोसाइटी के चन्द मेम्बरों का ख़्याल था कि पुलिस के कुछ रिश्वत ख़ोर अफ़्सर इस यूनियन से मिले हुए हैं बल्कि उसके बाक़ायदा मेम्बर हैं और हर माह अपनी, नाजाइज़ स्रोत से पैदा हुई आमदनी का हिस्सा बतौर जिज़्ये के देते हैं। यही वजह है कि क़ानून का नश्तर समाज के इस निहायत ही मोहलिक फोड़े तक नहीं पहुंच सका। जितने मुंह, उतनी बातें। मगर ये बात क़ाबिलेग़ौर थी कि अवाम में जो इस यूनियन की स्थापना से बेचैनी फैली थी, अब बिल्कुल अप्राप्य थी। मध्य वर्ग इसकी सरगर्मियों में बड़ी दिलचस्पी ले रहा था। सिर्फ ऊंची सोसाइटी थी जो दिनो-दिन भयभीत होती जा रही थी।

इस यूनियन के ख़िलाफ यों तो आए दिन तक़रीरे होती थीं और जगह-जगह जलसे होते थे, मगर अब वो पहला-सा जोश-ख़रोश नहीं था। चुनांचि इसको नए सिरे से शदीद बनाने के लिए टाउन हॉल में एक बहुत ही महानतम जलसे के आयोजन का एलान किया गया। क़रीब-क़रीब हर शहर की हस्तियों को नुमाइंदगी के लिए आमंत्रित किया गया। मक़सद इस जलसे का यह था कि इत्तेफ़ाक़ेराय से गुण्डों, चोरों और बदकारों की इस यूनियन के ख़िलाफ़ विरोध का वोट पास किया जाए और जनता को इन ख़ौफनाक जरासीम से अच्छी तरह अवगत किया जाये जो इसके वजूद से माशरती और मजलिसी दायरे में फैल चुके हैं और बड़ी तेज़ी से फैल रहे हैं।

जलसे की तैयारी पर हज़ारों रुपये ख़र्च किए गए। मजलिस इंतेज़ामिया और मजलिसे इस्तक़बालिया ने लोगों की सुविधा के लिए हर मुम्किन सहूलत मुहैया की। कई इजलास हुए और बड़े कामयाब रहे। उनके रिपोर्ट यूनियन के पर्चों में ज्यों के त्यों छापती रहीं। विरोध के जितने वोट पास हुए

बिना टिप्पणी छपती रहीं। दोनों अख़बारों में उनको जगह दी जाती थी।

आख़री इजलास बहुत अहम था। मुल्क की तमाम बड़ी हस्तियां जमा थीं। उमरा व बुज़रा सब मौजूद थे। हुकूमत के बड़े अफ़्सर अमंत्रित थे। बड़े ज़ोरदा शब्दों में भाषण दिये गये और मज़हबी, मजलिसी, मआशी, जमालयाती और नफ़्सयाती ग़र्ज़ कि हर मुम्किन नुक़ताऐ नज़र से गुण्डों और बदमाशों की संस्था के ख़िलाफ़ दलीलें पेश की गईं और साबित कर दिया गया कि इस तबक़ा असफ़ल का वजूद हयाते इंसानी के हक़ में ज़हर क़ाति है। विरोध का आख़री रीज़ोलोशन जो बड़े बा-असर अल्फ़ाज़ पर मुशतमल था, इत्तेफ़ाक़ राय से पास हुआ तो हाल तालियों के शोर से गूंज उठा। जब थोड़ा सकून हुआ तो पिछले बेचों में एक शख़्स खड़ा हुआ। उसने सदर से मख़ातिब होकर कहा: साहब सदर! इजाज़त हो तो मैं कुछ अर्ज़ करना चाहता हूं।''

सारे हाल की निगाहें उस आदमी पर जम गईं। सदर ने पूछा: मैं पूछ सकता हूं कि आप कौन हैं?''

उस शख़्स ने जो बड़े सादा मगर अच्छे कपड़ों में था, ताज़ीम के साथ कहा:

'' मुल्को-मिल्लत का एक अदना तरीन ख़ादिम!'' और कोर्निश लाया।

सदर ने चश्मा लगाकर उसे ग़ौर से देखा और पूछा: ''आप क्या कहना चाहते हैं?''

इस पर सारे हाल में चेमीगोइयां होने लगीं। डायस पर, ख़ुसूसन सब के सब मुअज्ज़ज़ीन और क़ायदीन सवालिया निशान बनकर एक दूसरे की तरफ देखने लगे।

सदर ने अपनी तमकनत को और तमकीन बना कर पूछा: ''आप कहना क्या चाहते हैं?''

''मैं अभी अर्ज़ करता हूं।'' यह कह कर उसने जेब से एक बेदाग़ सफेद रूमाल निकाला।

अपना मुंह साफ़ किया और उसे वापस जेब में रखकर बड़े पार्लिमानी अंदाज़ में गोया हुआ ''साहब सदर और मुअज़्ज़िज़ हज़रात!''– डायस के एक तरफ़ देख कर वो रुक गया: माफ़ी का तलबगार हूं– ''साहबे सदर, ख़ातून मुकर्रम और मुअज़्ज़िज़ हज़रात।''

बेगम मरज़बान ने वेंस्टी बेग में से आईना निकालकर अपना मेकअप

देखा और ग़ौर से सुनने लगी। बाक़ी भी हमातन गोश थे।

उस शख़्स ने बड़ी शाइस्तगी से कहना शुरू किया:

"हरीफ़ मतलब मुश्किल नहीं फ़सून नयाज़
दुआ क़बूल हो या रब कि उम्रख़ीज़ दराज़"

कुछ देर रुक कर वो एक अदा से मुस्कुराया: "हज़रत ग़ालिब– उस इजलास में और उससे पहले मजलिसी दायरे के एक मफ़रूज़ा तबक़ा इसफल के बारे में ज़हर फ़शानी की गई है, आप के इस ख़ाकसार ने बड़े ग़ौर से सुनी है।"

सारे हाल में खुसर-फुसर होन लगी। सदर की नाक के बांसे पर चशमा फसल गया: "आप हैं कौन?"

सर के एक हलके से ख़म के साथ इस शख़्स ने जवाब दिया: मुल्को-मिल्लत का एक अदना ख़ादिम–मजलिसी दायरे के मफ़रूज़ा तबक़ा इसफ़ल की जमाअत का एक रुक्न जिसे उसकी नुमाइंदगी का फ़ख़्र हासिल है।"

हाल में किसी ने ज़ोर से "वाह" कहा और ताली बजाई। चारों उचक्कों और गुण्डों की यूनियन के नुमाइंदे ने सर को फिर हल्की-सी जुंबिश दी और कहना शुरू किया: "क्या अर्ज़ करूं, कुछ कहा नहीं जाता।

वां गया भी मैं तो उनकी गालियों का क्या जवाब
याद थीं जितनी दुआएं सर्फ़ दरबां हो गईं

इस इजलास में इस जमाअत के ख़िलाफ़ जिसका ये ख़ाकसार नुमाइंदा है, इस क़द्र गालियां दीं गई हैं, इस क़दर लानत-मलामत की गई है कि सिर्फ़ इतना कहने को जी चाहता है।

ओ वोह भी कहते हैं कि ये बे नंगो-नाम है

साहबे सदर, मुहतरम बेगम मर ज़बान और मुअज़्ज़िज़ हज़रात।"

बेगम मरज़बान की लिपस्टिक मुस्कुराई। बोलने वाले ने आंखें और सर झुका कर तसलीम अर्ज़ किया।

"मुहतरम बेगम मरज़बान और मुअज़्ज़िज़ हज़रात... मैं जानता हूं कि यहां मेरी जमाअत का कोई हमदर्द मौजूद नहीं। आप में से एक भी ऐसा नहीं जो हमारा अतराफ़दार हो।

दोस्त गर कोई नहीं है जो करे चारा गरी
न सड़ी एक तमन्नाए दवा है तो सही

डायस पर एक अचकन पोश रईस कल्ले में पान दबाकर बोले:

"मुकर्रर!"

सदर ने जब उनकी तरफ़ सरज़निश भरी नज़रों से देखा तो वो ख़ामोश हो गए।

चोरों और बदकारों की यूनियन के नुमाइंदे के पतले-पतले होंठों पर शफ़्फ़ाफ़ मुस्कुराहट नमूदार हुई: "मैं अपनी मुख़्तसर तक़रीर में जो शेर भी इस्तेमाल करूंगा- हज़रत ग़ालिब का होगा।"

बेगम मरज़बान ने बड़े भोलेपन से कहा: "आप तो बड़े लायक़ मालूम होते हैं।"

बोलने वाला कोर्निश बजा लाया और मुस्कुराकर कहने लगा।

"सीखे हैं महे-रुख़ों के लिए हम मसव्वरी
तक़रीब कुछ तो बहर मुलाक़ात चाहिए!"

सारा हाल क़हक़हों और तालियों से गूंज उठा। बेगम मरज़बान ने उठकर सदर के कान में कुछ कहा जिसने हाज़ेरीन को चुप रहने का हुक्म दिया। ख़फा हुई तो चोरों और लफंगों की यूनियन के नुमाइंदे ने फिर बोलना शुरू किया:

गर्चे है किस-किस बुराई से वले बा ईं हमा
ज़िक्र मेरा मुझ से बेहतर है कि इस महफ़िल में है

...लेकिन सच पूछिए तो उससे तसल्ली नहीं होती। मैं तासुफ़ का इज़हार किये बग़ैर नहीं रह सकता कि इस तबक़े के साथ जिसकी नुमाइंदगी मेरी जमाअत करती है, निहायत बेइंसाफ़ी हुई है। इसको अब तक बिल्कुल ग़लत रंग में देखा जाता रहा है और यही कोशिश की जाती रही है कि इसे मलऊन व मतऊन क़रार दे कर समाज से ख़ारिज कर दिया जाए। मैं इन मतहर हस्तियों को क्या कहूं जिन्होंने इस शरीफ़ और मुअज़्ज़िज़ तबक़े को संगसार करने के लिए पत्थर उठाये हैं।

आतिश कदा है सीना मेरा राज़ निहां से
ए वाए अगर मारज़े इज़हार में आवे।"

सदर ने दफ़अतन गरजकर कहा: "ख़ामोश- बस अब आप को मज़ीद बोलने की इजाज़त नहीं है।"

मुकर्रिर ने मुस्कुरा कर कहा: "हज़रत ग़ालिब की इसी ग़ज़ल का एक शेर है।"

दे मुझको शिकायत की इजाज़त कि सितमगर
कुछ तुझ को मज़ा भी मेरे आज़ार में आवे"

हाल तालियों के शोर से गूंज उठा। सरदार ने इजलास बरख़्वास्त करना चाहा मगर लोगों ने कहा कि नहीं चोरों गुण्डों की यूनियन के नुमाइंदे की तक़रीर ख़त्म हो जाए तो कार्रवाई बन्द की जाये। सदर और जलसे के दूसरे सदस्यों ने पहले आमादगी ज़ाहिर न की लेकिन बाद में रायआमा के सामने उन्हें झुकना पड़ा। भाषण देने वाले को बोलने की इजाज़त मिल गई।

उसने अध्यक्ष महोदय का उचित शब्दों में शुक्रिया अदा किया और कहना शुरू किया: हमारी यूनियन को सिर्फ़ इसलिए नफ़रत की नज़र से देखा जाता है कि यह चोरों, उठाईगीरों, राहज़नों और डाकुओं की संस्था है जो उनके अधिकार की रक्षा के लिए स्थापित की गई है। मैं आप लोगों की भावनाऐं अच्छी तरह समझता हूं, मगर चोरों डाकुओं और रहज़नों के अधिकार क्या नहीं होते? या नहीं हो सकते? मैं समझता हूं कोई 'सलीमुलदिमाग़' आदमी ऐसा नहीं सोच सकता– जिस तरह सबसे पहले आप इंसान हैं, बाद में सेठ साहब हैं, रईसे आज़म हैं, म्युनिसिपल कमिश्नर हैं, वज़ीर दाख़ला हैं या खारजा, इसी तरह वो भी सबसे पहले आप ही की तरह इंसान है। चोर, डाकू, उठाईगीरा, जेब कतरा और ब्लेक मार्किटर बाद में है। जो अधिकार दूसरे इंसानों को मिले हैं वो उसे भी मिले और मिलने चाहिए। जो नेमतों से दूसरे इंसान लाभांवित होते हैं, उनसे भी वो लाभ उठाने का अधिकार रखता है। मैं यह समझने से असमर्थ हूं कि एक चोर या डाकू क्यों अच्छाई से ख़ाली समझा जाता है। क्यों उसे एक ऐसा व्यक्ति समझा जाता है जो मामूली 'हिस्सियात' से भी ख़ाली है। माफ़ फ़रमाइये वो अच्छा शेर सुनकर इसी तरह फड़क उठता है जिस तरह दूसरा सुख़न फहम। सुबह बनारस शाम अवध से सिर्फ़ आप ही लुत्फ़ अंदोज़ नहीं होते, वो भी होता है। सुर–ताल की उसको भी ख़बर है। वो पुलिस के हाथों ही गिरफ़्तार होना नहीं जानता, किसी हसीना के दामे–उल्फ़त में गिरफ़्तार होने का सलीक़ा भी जानता है। शादी करता है। बच्चे पैदा करता है। उनको चोरी से मना करता है। झूठ बोलने से रोकता है... ख़ुदा ना ख़्वास्ता अगर उनमें से कोई मर जाए तो उसके दिल को सदमा भी पहुंचता है। "यह कहते हुए उकसी आवाज़ भारी हो गई। लेकिन तुरत ही उसने रुख़ बदला और मुस्कुराते हुए कहा: "हज़रत ग़ालिब के इस शेर का जो मज़ा वो ले सकता है, माफ़ कीजिए! आप में से कोई भी नहीं ले सकता।

न लुटता दिन को तो कब रात को यों बेख़बर सोता
रहा खटका न चोरी का, दुआ देता हूं रहज़न को"

सारा हाल आनन्दित होकर हंसने लगा। बेगम मरज़बान भी जो भाषण के अन्तिम भाग पर कुछ उदास-सी हो गई थीं, मुस्कुराईं। भाषण देने वाले ने उसी तरह पतली-पतली मुस्कुराहट के साथ कहना शुरू किया: "मगर अब ऐसे दुआ देने वाले कहां?"

बेगम मरज़बान ने बड़े भोलेपन के साथ आह भरकर कहा: "और वो रहज़न भी कहां!"

भाषण देने वाले ने तसलीम किया: आपने बजा इर्शाद फ़रमाया बेगम मरज़बान हमें इस अफसोसनाक हक़ीक़त का पूरा एहसास है। यही वजह है कि हमने मिलकर अपनी संस्था की बुनियाद डाली और ज़माना के साथ रहज़न, चोर और जेब कतरे, क़रीब-क़रीब सब, अपनी पुरानी रविश और वज़ादारी भूल गऐ हैं। लेकिन मुक़ाम मुसर्रत है कि वो अब बहुत तेज़ी से अपने असल मुक़ाम की तरफ़ लौट रहे हैं... लेकिन मैं इन हज़रात से जो इन ग़रीबों की बीख़कुनी में मसरूफ़ हैं ये गुस्ताख़ाना सवाल करना चाहता हूं कि अपनी इस्लाह के लिए अब तक इन्होंने क्या किया है। मुझे कहना तो नहीं चाहिए मगर कहना पड़ता है कि हमें निहायत ज़लील, चोर और सफ़ाक डाकू कहा जाता है। मगर वो लोग क्या हैं– कुछ इस आली मरतबत डाइस पर भी बैठे हैं, जो अवाम का धन-दौलत दोनों हाथों से लूटते रहे हैं।

"हाल में "शेम-शेम" के नारे बुलंद हुए।"

मुक़र्रिर ने कुछ देर के बाद कहना शुरू किया: हम चोरी करते हैं, डाके डालते हैं, मगर इसे कोई और नाम नहीं देते। हर मुअज़्ज़िज़ हस्तियां बदतरीन क़िस्म की डाकाज़नी करती हैं मगर ये जाइज़ समझी जाती है। अपनी आंख के इस तवीलो-अरीज़ और भारी भरकम शहतीर को कोई नहीं देखता और न देखना चाहता है– क्यों– ये बड़ा गुस्ताख़ाना सवाल है। मैं इसका जवाब सुनना चाहता हूं चाहे वो इससे भी ज़्यादा गुस्ताख़ हो..." थोड़ी देर के बाद वो मुस्कुराया: वज़ीर साहिबान अपनी मसनदे वज़ारत की सान पर उस्तरा तेज़ करके मुल्क की हर रोज़ हजामत करते रहें। ये कोई जुर्म नहीं। लेकिन किसी की जेब से बड़ी सफ़ाई के साथ बटुआ चुराने वाला क़ाबिले-ताज़ीर है... ताज़ीर को छोड़िये मुझे इस पर कोई ज़्यादा एतराज़ नहीं– वो आपकी नज़रों में गर्दन ज़दनी है।"

डायस पर बहुत से लोग बेचैनी महसूस करने लगे। बेगम मरज़बान खुश थीं।

भाषण देने वाले ने अपना गला साफ़ किया, कुछ कहना शुरू किया:

"तमाम महकमों में, ऊपर से लेकर नीचे तक रिश्वत सतानी का सिलसिला क़ायम है। ये किसे मालूम नहीं। क्या ये भी कोई राज़ है जिसके इंकिशाफ़ की ज़रूरत है कि ख़्वेश पर्वरी और कुंबा नवाज़ी का बदौलत सख़्त ना अहल, ख़र दिमाग़ और बदक़माश बड़े-बड़े ओहदे संभाले बैठे हैं। माफ फरमाइयेगा, हमारे तबक़े में ऐसे अफ़सोसनाक हालात मौजूद नहीं हैं। कोई चोर अपने किसी चीज़ को बड़ी चोरी के लिए मुंतख़ब नहीं करेगा। हमारे यहां लोग इस क़िस्म की रिआयतों से फायदा उठाना भी चाहें तो नहीं उठा सकते, इसलिए कि चोरी करने, जेब काटने या डाका डालने के लिए दिल-गुर्दे और महारत और क़ाबिलियत की ज़रूरत है। यहां कोई सिफ़ारिश काम नहीं आती। हर शख़्स का काम ही खुद उसका इमतेहान होता है जो उसको फ़ौरन नतीजे से बाख़बर कर देता है।"

हाल में सब ख़ामोश थे और बड़े गौर से सुन रहे थे। थोड़े से वक़्फ़े के बाद मुक़र्रिर की आवाज़ फिर बुलंद हुईः मैं बदकारी माफ़ कर सकता हूं लेकिन ख़ामकारी हर्गिज़ माफ़ नहीं कर सकता– वो लोग यक़ीनन क़ाबिले मवाख़िज़ा हैं जो निहायत ही भोंडे तरीक़े पर मुल्क की दौलत लूटते हैं। ऐसे भोंडे तरीक़े पर कि उनके करतूतों के भांडे हर दूसरे रोज़ चौराहों पर फूटते हैं। वो पकड़े जाते हैं मगर बच निकलते हैं कि इनके नाम दस नम्बर के बस्ता 'ए' दर्ज हैं न बस्ता 'बी' में... ये किस क़द्र नाइंसाफ़ी है... मैं तो समझता हूं बेचारे इंसाफ़ का... अंधे इंसाफ़ का ख़ून यहीं पर होता है... नहीं ऐसे और भी कई मक़तल हैं जहां इंसाफ़, इंसानियत, शराफ़तो-नजाबत, तक़द्दुसो-तहारत, दीनो-दुनिया, सब को एक ही फन्दे में डाल कर हर दिन फांसी दी जाती है– मैं पूछता हूं इंसानों की ख़ाम-ख़ालों की तिजारत करने वाले हम हैं या आप– मैं सवाल करता हूं अज़ मुंह अतीक़ की बरबरीयत की तरफ़ अमनपसन्द इंसानों को खींच कर ले जाने वाले हम हैं या आप... और सवाल करता हूं कि दूसरी जिंसों की तरह मिलावट करके अपने ईमान को आप बेचते हैं या हम?"

हाल पर क़ब्र की सी ख़ामोशी तारी थी। भाषण देने वाले ने जेब से अपना सफेद रूमाल निकाल कर मुंह साफ़ किया और इसे हवा में लहरा कर कहाः साहबे सदर, ख़ातून मुकर्रम और मुअज़्ज़िज़ हज़रात! मुझे माफ़ फ़रामाइये कि मैं ज़रा जज़्बात की रौ में बह गया... अर्ज़ है कि जिधर नज़र उठाई जाए, ईमानफ़रोश होता है या मिल्लत फ़रोश। समझ में नहीं आता कि ये भी कोई फरोख़्त करने की चीज़ें हैं। इंसान तो इन्हें निहायत मुश्किल

वक़्त में भी एक लम्हे के लिए गिरवी नहीं रख सकता। मगर मैं इंसानों की बात कर रहा हूं। माफ़ कीजिए। मेरे लहजे में फिर तल्ख़ी पैदा हो गई।

रखियो ग़ालिब मुझे इस तल्ख़ नवाई से माफ
आज कुछ दर्द मेरे दिल में सिवा होता है

यह कहता वो डाइस की तरफ़ बढ़ाः साहबे सदर, मोहतरम बेगम मरज़बान और मुअज़्ज़िज़ हज़रात! मैं अपनी यूनियन की तरफ़ से आप सब का शुक्रिया अदा करता हूं कि आपने मुझे लब कुशाई का मौक़ा दिया।''

डाइस के पास पहुंच कर उसने सदर की तरफ़ बढ़ायाः ''मैं अब एक दोस्त की हैसियत से रुख़्सत चाहता हूं।''

सदर ने हिचकिचाते हुए उठकर उससे हाथ मिला। इसके बाद उसने बेगम मरज़बान की तरफ़ हाथ बढ़ायाः अगर आपको कोई एतराज़ न हो...''

बेगम मरज़बान ने बड़े भोलेपन से अपना हाथ पेश कर दिया। बाक़ी प्रतिष्ठित और रईस लोगों से हाथ मिलाकर जब फ़ारिग़ हुआ तो ख़ुदा हाफ़िज़ कह कर चलने लगा, लेकिन फौरन ही रुक गया। अपनी दोनों जेबों से उसने बहुत-सी चीज़ें निकालीं और सदर की मेज़ पर एक-एक करके रख दीं। फिर वो मुस्कुरायाः ''एक अर्से से जेब तराशी छोड़ चुका हूं आज कल सेफ़ तोड़ना मेरा पेशा है... आज सिर्फ़ अज़राहे तफ़रीह आप लोगों की जेबों पर हाथ साफ़ कर दियाः ''यह कहकर वो बेगम मरज़बान से मुख़ातिब हुआः ''ख़ातून मुकर्रम माफ़ कीजिए, आपके वेनिटी बेग से भी मैं ने एक चीज़ निकाली थी। मगर वो ऐसी है कि सब के सामने आप को वापस नहीं कर सकता।''

और वो तेज़ी के साथ हाल से बाहर निकल गया।

टेटवाल का कुत्ता

कई दिन से जवान अपने-अपने मोर्चे पर जमे हुए थे। दिन में इधर-उधर से दस-बारह फ़ायर हो जाते जिनकी आवाज़ के साथ कोई इंसानी चीख़ बुलंद होती थी। मौसम बहुत खुशगवार था। हवा खुद रौ फूलों की महक में बसी हुई थी। पहाड़ियों की ऊंचाइयों और ढलवानों पर जंग से बेख़बर कुदरत अपने नियमित कार्यों में व्यस्त थी। परिन्दे उसी तरह चहचहाते थे। फूल उसी तरह खिल रहे थे और शहद की सुस्त रौ मक्खियां उसी पुराने ढंग से उन पर ऊंघ-ऊंघ कर रस चूसती थीं।

जब पहाड़ियों में किसी फायर की आवाज़ गूंजती तो चहचहाते हुए परिन्दे चौंक कर उड़ने लगते जैसे किसी का हाथ साज़ के ग़लत तार से जा टकराया और उनकी कानों को सदमा पहुंचाने का कारण हुआ है। सितम्बर का अंजाम अक्तूबर के आग़ाज़ से बड़े गुलाबी अंदाज़ में बग़लगीर हो रहा था। ऐसा लगता था कि सर्दी और गर्मी के मौसम में सुलह सफ़ाई हो रही है। नीले-नीले आसमान पर धुनकी हुई रूई ऐसे पतले-पतले और हलके-हलके बादल यों तैरते थे जैसे अपने सफेद बजरों में तफ़रीह कर रहे हैं।

पहाड़ी मोर्चों में दोनों तरफ के सिपाही कई दिन से बड़ी कोफ़्त महसूस कर रहे थे कि कोई फ़ैसलाकुन बात क्यों घटित नहीं होती। उकताकर उनका जी चाहता था कि मौक़ा बे-मौक़ा एक दूसरे को शेर सुनाएं। कोई न सुने तो ऐसे ही गुनगुनाते रहें। पथरीली ज़मीन पर सीधे लेटे रहते थे। और जब हुक्म मिलता था, एक-दो फ़ायर कर देते थे।

दोनों के मोर्चे बड़ी महफूज़ जगह थे। गोलियां पूरी रफ़्तार से आती थीं और पत्थरों की ढाल के साथ टकरा कर वहीं चित हो जाती थीं। दोनों

पहाड़ियां जिन पर ये मोर्चे थे क़रीब-क़रीब एक क़द की थीं। दर्मियान में छोटी-सी सब्ज़पोश वादी थी जिसके सीने पर एक नाला मोटे सांप की तरह लोटता रहता था।

हवाई जहाज़ों का कोई ख़तरा नहीं था। तोपें उनके पास थीं न इनके पास, इसलिए दोनों तरफ बेख़ौफ़ो-ख़तर आग जलाई जाती थी। उनसे धुएं उठते और हवाओं में घुल-मिल जाते। रात को चूंकि ख़ामोशी होती थी। इसलिए कभी-कभी दोनों मोर्चों के सिपाहियों को एक-दूसरे के किसी बात पर लगाए हुए क़हक़हे सुनाई दे जाते थे। कभी कोई लहर में आके गाने लगता तो उसकी आवाज़ रात के सन्नाटे को जगा देती। एक के पीछे एक टकराती अवाज़ें गूंजती तो ऐसा लगता कि पहाड़ियां 'आमोख़्ता' दोहरा रही हैं।

चाय का दौर ख़त्म हो चुका था। पत्थरों के चूल्हे में कोयले क़रीब-क़रीब सर्द हो चुके थे। आसमान साफ़ था। मौसम में खुनकी थी। हवा में फूलों की महक नहीं थी जैसे रात को उन्होंने अतरदान बन्द कर लिऐ थे, अलबत्ता चीड़ के पसीने यानी ब्रूज़े की बू थी मगर ये भी कुछ ऐसी नागवार नहीं थी। सब कमबल ओढ़े सो रहे थे, मगर कुछ इस तरह कि हल्के-से इशारे पर उठकर लड़ने-मरने के लिए तैयार हो सकते थे। जमादार हरनाम सिंह खुद पहरे पर था। उसकी रास्कोप घड़ी में दो बजे तो उसने गुंडा सिंह को जगाया और पहरे पर लगा दिया। उसका जी चाहता था कि सो जाये, पर जब लेटा तो आंखों से नींद को इतना दूर पाया जितने कि आसमान के सितारे थे, जमादार हरनाम सिंह चित्त लेटा उनकी तरफ़ देखता रहा- और गुनगुनाने लगा।

जित्ती लेनी आं सितारियां वाली- सितारियां वाली- वे हरनाम सिंघा
हो यारा, भावें तेरी महीं वक जाए

और हरनाम सिंह को आसमान पर हर तरफ़ सितारों वाले जूते बिखरे नज़र आये जो झिलमिल-झिलमिल कर रहे थे।

जित्ती ले दऊं सितारियां वाली- सितारियां वाली- नी हरनाम कोरे
हो ना रे, भावे मेरी नहीं वक जाए

ये गा कर वो मुस्कुराया फिर ये सोचकर कि नींद नहीं आएगी। उसने उठकर सब को जगा दिया। नार के ज़िक्र ने उसके दिमाग़ में हलचल पैदा कर दी थी। वो चाहता था कि ऊट-पटांग गुफ्तुगू हो जिससे इस बोली की हरनाम कोरी कैफ़ियत पैदा हो जाए। चुनांचि बातें शुरू हुईं मगर उखड़ी-उखड़ी

रहीं। बनता सिंह जो उन सब में कम उम्र और ख़ुश आवाज़ था, एक तरफ़ हट कर बैठ गया। बाक़ी अपनी बज़ाहिर पुर लुत्फ़ बातें करने और जाइज़ां लेते रहे। थोड़ी देर के बाद बनता सिंह ने एक दम अपनी पुरसोज़ आवाज़ में हीर गाना शुरू कर दी।

हीर आखिया जोगिया झूठ बोलें, कौन रूठड़े यार मनाओ निदाई

ऐसा कोई न मिलिया में ढूंढ ढूंढ थकी जेहड़ा गयां नों मोड़ लियाओ निदाई

इक बाज़ तो कांग-ने कोंज खोई देखां चुप है कि कर लाओ निदाई

दिखां वालियां नों गुला सुखदियां नी किस्से जोड़ जहान सुनाओ दिनाई

फिर थोड़ी देर के बाद उसने हीर की इन बातों का जवाब रांझे की ज़बान में गाया।

जेहड़े बाज़ तों कांग ने कोंज खोई सब्र कर बाज़ फ़ानाह होया

ऐवें हाल है इस फ़क़ीरदानी धन-माल गया तो तबाह होया

करें सिद्क़ ते कम मालूम होवे तेरा रब रसूल गवाह होया

दुनिया छुड़ा दासियां पहन लतां सैयद वारिसों हन वारिस शाह होया

बनता सिंह ने जिस तरह एकदम गाना शुरू किया था, उसी तरह वो एकदम ख़ामोश हो गया। ऐसा मालूम होता था कि ख़ाकिस्तरी पहाड़ियों ने भी उदासियां पहन ली हैं। जमादार हरनाम सिंह ने थोड़ी देर के बाद किसी ग़ैर मरई चीज़ को मोटी-सी गाली दी और लेट गया। ठीक रात के आख़री पहर की इस उदास फ़िज़ा में कुत्ते के भौंकने की आवाज़ गूंजी। सब चौंक पड़े। आवाज़ क़रीब से आई थी। सूबेदार हरनाम सिंह ने बैठ कर कहा: "ये कहां से आ गया भौंको?"

कुत्ता फिर भौंका। अब उसकी आवाज़ और भी नज़दीक से आई थी। चंद लम्हात के बाद दूर, झाड़ियों में आहट हुई। बनता सिंह उठा और उनकी तरफ़ बढ़ा। जब वापस आया तो उसके साथ एक आवारा-सा कुत्ता था। जिसकी दुम हिल रही थी। वो मुस्कुराया: "जमादार साहब! मैं हूं 'कमज़ा घर भोला' तो कहने लगा, मैं हूं 'चपड़ झुन-झुन।"

सब हंसने लगे। जमादार हरनाम सिंह ने कुत्ते को पुचकारा: "इधर आ चपड़ झुन-झुन।"

कुत्ता दुम हिलाता हरनाम सिंह के पास चला गया और यह समझकर कि शायद कोई खाने की चीज़ फेंकी गई है, ज़मीन के पत्थर सूंघने लगा। जमादार हरनाम सिंह ने थैला खोलकर एक बिस्कुट निकाला और उसकी

तरफ़ फेंका। कुत्ते ने उसे सूंघ कर मुंह खोला, लेकिन हरनाम सिंह ने लपककर उसे उठा लिया: ''ठैर, कहीं पाकिस्तानी तो नहीं।''

सब हंसने लगे। सरदार बनता सिंह ने आगे बढ़कर कुत्ते की पीठ पर हाथ फेरा और जमादार हरनाम सिंह से कहा: ''नहीं जमादार साहब, चपड़ झुन-झुन हिन्दुस्तानी है।''

जमादार हरनाम सिंह हंसा और कुत्ते से मुख़ातिब हुआ ''निशानी दिखा ओए'' कुत्ता दुम हिलाने लगा।

हरनाम सिंह ज़रा खुलकर हंसा: ''यह कोई निशानी नहीं! दुम तो सारे कुत्ते हिलाते हैं।''

बनता सिंह ने कुत्ते की हिलती दुम पकड़ ली: ''शरणार्थी है बेचारा!''

जमादार हरनाम सिंह ने बिस्कुट फेंका जो कुत्ते ने फौरन दबोच लिया। जवान ने अपने बूट की एड़ी से ज़मीन खोदते हुए कहा: ''कुत्तों को भी हिन्दुस्तानी होना पड़ेगा या पाकिस्तानी।''

जमादार ने अपने थैले में से एक बिस्कुट निकाला और फेंका: ''पाकिस्तानियों की तरह पाकिस्तानी कुत्ते भी गोली से उड़ा दिये जाएंगे।''

एक ने ज़ोर से नारा बुलंद किया। ''हिन्दुस्तान ज़िन्दाबाद!''

कुत्ता जो बिस्कुट उठाने के लिए आगे बड़ा था डर के पीछे हट गया। उसकी दुम टांगों के अन्दर घुस गई। जमादार हरनाम सिंह हंसा: अपने नारे से क्यों हंसता है चपड़ झुन-झुन... खा... ले, एक और ले!'' उसने थैले से एक और बिस्कुट निकाल कर उसे दिया।

बातों-बातों में सुबह हो गई। सूरज अभी निकलने का इरादा ही कर रहा था कि चारों तरफ़ उजाला हो गया। जिस तरह बटन दबाने से एक दम बिजली की रौशनी होती है, इसी तरह सूरज की किरणें देखते ही देखते उसे पहाड़ी इलाक़े में फैल गईं जिसका नाम टेटुवाल था। उस इलाक़े में काफ़ी देर से लड़ाई जारी थी। एक-एक पहाड़ी के लिए दर्जनों जवानों की जान जाती थी। फिर भी कब्ज़ा ग़ैर यक़ीनी होता था। आज से पहाड़ी उनके पास है, कल दुश्मन के पास, परसों फिर उनके कब्ज़े में। इससे दूसरे रोज़ वो फिर दूसरों के पास चली जाती थी।

सूबेदार हरनाम सिंह ने दूरबीन लगा कर आसपास का जाइज़ा लिया। सामने पहाड़ी से धुआं उठ रहा था। इसका ये मतलब था कि चाय आदि तैयार हो रही है। इधर भी नाश्ते की फिक्र हो रही थी। आग लगाई जा रही थी। इधर वालों को भी यक़ीनन उधर से धुआं उठता दिखाई दे रहा था।

नाश्ते पर सब जवानों ने थोड़ा-थोड़ा कुत्ते को दिया जो उसने ख़ूब पेट भर के खाया। सब उससे दिलचस्पी ले रहे थे। जैसे वो उसको अपना दोस्त बनाना चाहते हैं। उसके आने से काफी चहल-पहल हो गई थी। प्रत्येक उसको थोड़ी-थोड़ी देर के बाद पुचकार कर 'चपड़ झुन-झुन' के नाम से पुकारता और उसे प्यार करता।

शाम के क़रीब दूसरी तरफ़ पाकिस्तानी मोर्चे में सूबेदार हिम्मत खां अपनी बड़ी-बड़ी मूंछों के, जिनसे अनगिनत कहानियां जुड़ी थीं, मरोड़े देकर टेटुवाल के नक़्शे ग़ौर से अध्ययन कर रहा था। उसके साथ ही वायरलेस आपरेटर बैठा था और सूबेदार हिम्मत खां के लिए पलाटून कमांडर से हिदायत वसूल कर रहा था। कुछ दूर एक पत्थर से टेक लगाये और अपनी बंदूक़ लिए बशीर हौले-हौले गुनगुना रहा था।

चुन कित्थे गवाई आई रात वे- चुन कित्थे गवाई आई। बशीर ने मज़े में आकर आवाज़ ज़रा ऊंची की तो सूबेदार हिम्मत खां की कड़क आवाज़ बुलंद हुई: "ओए कहां रहा है तू रात भर?"

बशीर ने सवालिया नज़रों से हिम्मत खां को देखना शुरू किया। जो बशीर के बजाय किसी और से मुख़ातिब था। "बता ओए!"

बशीर ने देखा कुछ फासले पर वो आवारा कुत्ता बैठा था जो कुछ दिन हुए उनके मोर्चे में बिन बुलाए मेहमान की तरह आया था और वहीं टिक गया था। बशीर मुस्कुराया और कुत्ते से मुख़ातिब होकर बोला:

"चुन कित्थे गवाई आई रात वे- चुन कित्थे गवाई आई?"

कुत्ते ने ज़ोर से दुम हिलाना शुरू की जिससे पथरीली ज़मीन पर झाड़ू-सी फिरने लगी।

सूबेदार हिम्मत खां ने एक कंकड़ उठाकर फेंका: "साले को दुम हिलाने के सिवा और कुछ नहीं आता।"

बशीर ने एक दम कुत्ते की तरफ़ ग़ौर से देखा: "इसकी गर्दन पर क्या है?" ये कहकर वो उठा, मगर इससे पहले एक और जवान ने कुत्ते को पकड़ कर उसके गर्दन में पड़ी रस्सी उतारी। उसमें गत्ते का एक टुकड़ा पिरोया हुआ था। जिस पर कुछ लिखा था। सूबेदार हिम्मत खा ने ये टुकड़ा लिया और अपने जवानों से पूछा: "जानता है तुम में से कोई पढ़ना?"

बशीर ने आगे बढ़कर गत्ते का टुकड़ा लिया: "हां- कुछ-कुछ पढ़ लेता हूं।" और उसने बड़ी मुश्किल से हर्फ़ जोड़कर पढ़ा: "चुप-चुपड़... झुन...झुन... चुपड़ झुनझुन... ये क्या हुआ?"

सूबेदार हिम्मत खां ने अपनी बड़ी-बड़ी तारीख़ी मूंछों को ज़बरदस्त मरोड़ा दिया: "कोडवर्ड होगा कोई।" फिर उसने बशीर से पूछा: "कुछ और लिखा है बशीरे!"

बशीर जो हुरूफ़ शनासी में मशगूल था, जवाब दिया: "जी हां... ये. .. ये... हिन्द... हिन्दुस्तानी... ये हिन्दुस्तानी कुत्ता है।"

सूबेदार हिम्मत खां ने सोचना शुरू किया: मतलब क्या हुआ इसका– क्या पढ़ा था तुमने... चुपड़?"

बशीर ने जवाब दिया: "चुपड़ झुनझुन!"

एक जवान ने बड़े आक़िलाना अंदाज़ में कहा: "जो बात है, इसी में है।"

सूबेदार हिम्मत खां को ये बात माक़ूल मालूम हुई: "हां, कुछ ऐसा ही लगता है।"

बशीर ने गत्ते पर लिखी हुई पूरी इबारत पढ़ी: चुपड़ झनुझुन– ये हिन्दुस्तानी कुत्ता है।"

सूबेदार हिम्मत खां ने वायरलेस सेट लिया और कानों पर हेडफोन जमा कर पलाटून कमांडर से खुद उस कुत्ते के बारे में बातचीत की। वो कैसे आया था, किस तरह उनके पास कई दिन पड़ा रहा, फिर एका-एकी ग़ायब हो गया और रात भर ग़ायब रहा। अब आया है तो उसके गले में रस्सी नज़र आई जिसमें गत्ते का एक टुकड़ा था। उस पर जो लिखा था, वो उसने तीन-चार बार दोहरा कर पलाटून कमांडर को सुनाई मगर कोई नतीजा बरामद न हुआ।

बशीर अलग कुत्ते के पास बैठ कर उसे पुचकार कर, कभी डरा कर पूछता रहा कि वो सारी रात कहां ग़ायब रहा था। और उसके गले में वो रस्सी और गत्ते का टुकड़ा किसने बांधा था मगर ख़ातिरख़्वाह जवाब न मिला। वो जो सवाल करता,उसके जवाब में कुत्ता अपनी दुम हिला देता। आख़िर ग़ुस्से में आकर बशीर ने उसे पकड़ लिया और ज़ोर से झटका दिया। कुत्ता तकलीफ़ से चांव-चांव करने लगा।

वायरलेस से फ़ारिग़ होकर सूबेदार हिम्मत खां ने कुछ देर नक़्शे का ग़ौर से अध्ययन किया फिर फ़ैसलाकुन अंदाज़ में उठा और सिगरेट की डिबिया का ढकना खोलकर बशीर को दिया: बशीर, लिख इसपर गुरमुखी में... इन कीड़े-मकोड़े में..."

बशीरे ने सिगरेट की डिबिया का गत्ता लिया और पूछा: "क्या लिखूं

सूबेदार साहब!"

सूबेदार हिम्मत खां ने मूंछों को मरोड़े देकर सोचना शुरू किया– "लिख दे– बस लिख दे।" यह कहकर उसने जेब से पेंसिल निकालकर बशीर को दी। "क्या लिखना चाहिए?"

बशीर पेंसिल के मुंह को लब लगाकर सोचने लगा। फिर सवालिया अंदाज़ में बोला: सुपड़ सुन-सुन–" लेकिन फौरन ही मुतमइन होकर उसने फैसलाकुन लहजे में कहा: "ठीक है... चुपड़ झुन-झुन का जवाब सुपड़ सुन-सुन ही हो सकता है... क्या याद रखेंगे अपनी मां के सुधड़े।"

बशीर ने पेंसिल सिगरेट की डिबिया पर जमाई। "सुपड़ सुन-सुन!"

"सोलहआने–लिख– सुप–सुपड़–सुन-सुन!" यह कहकर सूबेदार हिम्मत खां ने ज़ोर का ठहाका लगाया। "और आगे लिख... यह पाकिस्तानी कुत्ता है।"

सूबेदार हिम्मत खां ने गत्ता बशीर के हाथ से ले लिया। पेंसिल से उसमें एक तरफ़ छेद किया और रस्सी में पिरोकर कुत्ते की तरफ़ बढ़ा "ले जा, ये अपनी औलाद के पास!"

यह सुनकर सब जवान हंसे। सूबेदार हिम्मत खां ने कुत्ते के गले में रस्सी बांध दी। वो इस दौरान में अपनी दुम हिलाता रहा। इसके बाद सूबेदार ने उसे कुछ खाने को दिया और बड़े नासिहाना अंदाज़ में कहा: "देखो दोस्त ग़द्दारी न करना... याद रखो ग़द्दार की सज़ा मौत होती है।"

कुत्ता दुम हिलाता रहा। जब वो अच्छी तरह खा चुका तो सूबेदार हिम्मत खां ने रस्सी से पकड़कर उसका रुख़ पहाड़ी की इकलौती पगडंडी की तरफ़ फेरा और कहा: "जाओ... हमारा ख़त दुश्मनों तक पहुंचा दो– मगर देखो वापस आ जाना– यह तुम्हारे अफ़्सर का हुक्म है समझे?"

कुत्ते ने अपनी दुम हिलाई और आहिस्ता-आहिस्ता पगडंडी पर जो बल खाती हुई नीचे पहाड़ी के दामन में जाती थी, चलने लगा। सूबेदार हिम्मत खां ने अपनी बंदूक़ उठाई और हवा में एक फ़ायर किया।

फ़ायर और उसकी गूंज दूसरी तरफ़ हिन्दुस्तानियों के मोर्चे में सुनी गई। इसका मतलब उनकी समझ में न आया। जमादार हरनाम सिंह मालूम नहीं किस बात पर चिड़चिड़ा हो रहा था, ये आवाज़ सुनकर और भी चिड़चिड़ा हो गया। उसने फ़ायर का हुक्म दे दिया। आधे घंटे तक दोनों मोर्चों से गोलियों की बेकार बारिश होती रही। जब इस शग़ल से उक्ता गया तो जमादार हरनाम सिंह ने फ़ायर बन्द करा दिया और दाढ़ी में कंघा करना

शुरू कर दिया। इससे फ़ारिग़ होकर उसने जाली के अन्दर सारे बाल बड़े सलीक़े से जमाये और बनता सिंह से पूछा' ओए बनता सियां! चुपड़ झुन-झुन कहां गया?''

बनता सिंह ने चीड़ की खुश्क लकड़ी से बरोज़ा अपने नाख़ुनों से जुदा करते हुए कहा: ''कुत्ते को घी हज़्म न हुआ।''

बनता सिंह मुहावरे का मतलब न समझा: ''हमने तो उसे घी की कोई चीज़ नहीं खिलाई थी।''

यह सुनकर जमादार हरनाम सिंह बड़े ज़ोर से हंसा: ''ओए अनपढ़! तेरे साथ बात करना पच्चानवें का घाटा है।''

इतने में वो सिपाही जो पहरे पर था और दूरबीन लगाये इधर-उधर देख रहा था, एक दम चिल्लाया: ''वो आ रहा है।''

सब चौंक पड़े। जमादार हरनाम सिंह ने पूछा: ''कौन?''

पहरे के सिपाही ने कहा: ''क्या नाम था उसका?- चुपड़ झुन-झुन।

''चुपड़ झुनझुन!'' यह कहकर जमादार हरनाम सिंह उठा। ''क्या कर रहा है?''

पहरे के सिपाहो ने जवाब दिया: ''आ रहा है।''

जमादार हरनाम सिंह ने दूरबीन उसके हाथ से ली और देखना शुरू किया- ''इधर ही आ रहा है... रस्सी बंधी हुई है गले में... लेकिन... ये तो उधर से आ रहा है दुश्मन के मोर्चे से।'' यह कहकर उसने कुत्ते की मां को बहुत बड़ी गाली दी। इसके बाद उसने बंदूक़ उठाई और निशाना बांध कर फायर किया। निशाना चूक गया। गोली कुत्ते से कुछ फ़ासले पर पत्थरों की किर्चे उड़ाती ज़मीन में दफ़न हो गई। वो सहम कर रुक गया।

दूसरे मोर्चे में सूबेदार हिम्मत खां ने दूरबीन में से देखा कि कुत्ता पगडंडी पर खड़ा है। एक फ़ायर हुआ वो दुम दबाकर उल्टी तरफ़ भागा। सूबेदार हिम्मत खां के मोर्चे की तरफ़। वो ज़ोर से पुकारा: बहादुर डरा नहीं करते... चल वापस!'' और उसने डराने के लिए फ़ायर किया। कुत्ता रुक गया। इधर से जमादार हरमान सिंह ने बंदूक़ चलाई। गोली कुत्ते के कान से सनसनाती हुई गुज़र गई। उसने उछलकर ज़ोर-ज़ोर से दोनों कान फड़फड़ाने शुरू किए। उधर से सूबेदार हिम्मत खां ने दूसरा फ़ायर किया जो उसके अगले पंजों के पास पत्थरों में पैवस्त हो गया। बौखला कर कभी इधर दौड़ा, कभी उधर। उसकी इस बौखलाहट से हिम्मत खां और हरमान दोनों बहुत मसरूर हुए और ख़ूब ठहाके लगाते रहे। कुत्ते ने जमादार हरनाम सिंह के

मोर्चे की तरफ भागना शुरू किया। उसने यह देखा तो ताव में आकर मोटी–सी गाली दी और अच्छी तरह निशाना बांध कर फ़ायर किया। गोली कुत्ते की टांग में लगी। एक आकाश भेदी चीख़ बुलंद हुई। उसने अपना रुख बदला। लंगड़ा–लंगड़ा कर हिम्मत खां के मोर्चे की तरफ़ दौड़ने लगा तो उधर से भी फ़ायर हुआ, मगर वो सिर्फ़ डराने के लिए किया गया था। हिम्मत खां फ़ायर करते ही चिल्लाया: "बहादुर पर्वा नहीं किया करते ज़ख़्मों की... खेल जाओ अपनी जान पर जाओ–जाओ।"

कुत्ता फ़ायर से घबराकर मुड़ा। एक टांग उसकी बिल्कुल बेकार हो गई थी। बाकी तीन टांगों की मदद से उसने खुद को चन्द क़दम दूसरी ओर घसीटा कि जमादार हरनाम सिंह ने ताककर गोली चलाई जिसने उसे वहीं ढेर कर दिया।

सूबेदार हिम्मत खां ने अफ़सोस से कहा: "चच चच... शहीद हो गया बेचारा!"

जमादार हरनाम सिंह ने बंदूक़ की गर्म–गर्म नाली अपने हाथ में ली और कहा: "वही मौत मरा जो कुत्ते की होती है।"

तपिश कश्मीरी

मुझे उनका असल नाम अभी तक मालूम नहीं– हालांकि मैं उनको बारह बरस से जानता हूं– सात बरस तो हम इकट्ठे एक साथ रहे– दरअसल उनका नाम पूछने की मुझे कभी ज़रूरत ही महसूस न हुई– तपिश कश्मीरी बहुत था–

वो इस नाम से मशहूर थे।

तपिश कश्मीरी अजीबो-ग़रीब शख़्सियत के मालिक थे। जब वो लाहौर में थे तो जिला कचहरी की एक अदालत में अहलमद थे। आपने तरक़्क़ी की तरफ क़दम बढ़ाया तो आप 'पियादा' हो गये। इस तरक़्क़ी का उनपर कुछ असर न हुआ। और वो हर हालत में खुश रहते थे।

जिस मजिस्ट्रेट से वो जुड़े थे, उसकी रोज़ हजो लिखते और काग़ज़ उसी की मेज़ पर रख आते– वो चीख़ता-चिल्लाता– मगर तपिश साहब ख़ामोश रहते। जैसे उनको किसी बात की जानकारी नहीं– लेकिन शेर अच्छी कह लेते थे।

एक बार का ज़िक्र है, बम्बई में एक नागपुरी शायर ने जो 'बजुअम खुद फ़िलबदीह' शेर कहने में– ज़फ़र अली खां से कई मिसरे आगे थे, तपिश साहब से कहा:

"हज़रत! चलो, आज गुफ़्तुगू शेरों ही में हो–"

तपिश साहब ने बड़ी इंकिसारी के साथ कहा:

"जैसी आपकी मर्ज़ी–"

और साथ ही गुफ़्तुगू का आग़ाज़ एक शेर से कर दिया– नागपुरी शायर सिटपिटा गये और ज़ेहन पर ज़ोर देकर तपिश साहब के उस शेर का

जवाब शेर में फ़िकर करने लगे।

तपिश साहब ने फ़ौरन एक और शेर घड़कर उनसे पूछा कि जनाब देर क्यों लगा रहे हैं– जल्दी गुफ़्तुगू शुरू कीजिए।

नागपुरी शायर बौखला गया।

मेरा ख़्याल है उनके इस प्रश्न से उसके दिमाग़ से वो सब कुछ निकल गया जो उसने बड़ी मेहनत से सोचा था।

तपिश साहब ने इस पर तीन-चार शेर और चुस्त कर दिये और वो बेचारा नागपुरी चारों ख़ाने चित हो गया।

मैं यहां पर अर्ज़ करना ज़रूरी समझता हूं कि तपिश साहब की शायरी में कोई जान नहीं– यहां तो उनका हर शेर बड़ा जचा-तुला होता है, छंदविद्या की कोई ख़ामी नहीं होती। ऐसा मालूम होता है कि धर्म-कांटे में तुलकर आया है। बड़ी संगलाख़ ज़मीनों में लिखने की कोशिश करते हैं और क़रीब-क़रीब हर रोज़ दो-तीन ग़ज़लें या नज़्में 'फ़िलबदीह' लिखते हैं, लेकिन 'शायद ही' उनके क़लम से कोई ऐसा शेर निकलता है जो सही मानों में शेर कहलाने का मुस्तहक़ हो।

उन्होंने एक पर एक दस बारह लाख शेर लिखे होंगे, मगर इस पर वो गर्व नहीं करते वो खुद को भी शायर कहलाना पसंद नहीं करते। उनको अपनी शायरी से कोई दिलचस्पी नहीं थी।

इससे पहले कि मैं कुछ और बयान करूं, मैं तपिश साहब की अजीबो-ग़रीब शख़्सियत के बारे में चंद और बातें भी बताना चाहता हूं जो बहुत दिलचस्प हैरत अंगेज़ हैं।

एक ज़माना था वो लाहौर के ज़िला कचहरी में मुलाज़िम थे। एक वक़्त ऐसा आया इनको इसलामिया स्कूल के एक लड़के से इश्क़ हो गया। बड़ा अफ़्लातूनी क़िस्म का उनको मालूम हुआ कि यह लड़का नमाज़ पढ़ता है। सुबह-सवेरे अपने महल्ले की मस्जिद में फ़ज्र की नमाज़ अदा करने जाता है। ये मालूमात हासिल होते ही आप सुबह तीन बजे उठते।

सख़्त सर्दियों का मौसम था। मस्जिद में जाकर झाड़ू देते फिर ठण्डे-पानी से नहाते और अज़ान देना शुरू कर देते। मस्जिद का मुल्ला जो बहुत ही बुड्ढा और सुस्त था, अपने हुजरे में चौंकता कि ये अज़ान कौन दे रहा है। जब तक उठकर बाहर निकलता तपिश साहब ने इमामत शुरू कर दी होती थी। वो लड़का उनके पीछे नमाज़ पढ़ रहा होता। इससे उनको बड़ी रूहानी मुसर्रत हासिल होती थी।

यह सिलसिला काफी देर तक जारी रहा। एक मर्तबा उस लड़के की सायकल ख़राब हो गई। उसने अपने नौकर को दी कि ठीक करा लाए– तपिश साहब ने देख लिया– और सायकल नौकर से लेकर एक दुकान पर ले गए। उसके तमाम पुर्ज़े अलग कर दिए। मिट्टी के तेल में डुबोकर इनको साफ किया– दुकानदार से जो उनका दोस्त था कपड़ा मांगा कि वो उन्हें खुश्क करें– मगर कपड़ा उसके पास नहीं था। चुनांचि तपिश साहब ने अपनी नई बोस्की की क़मीस उतारी, उसको फाड़ा और तमाम पुर्ज़ों पर से तेल खुश्क करके उनको ख़ूब चमकाया– जब सायकिल ठीक हो गई तो उस लड़के नौकर के हवाले कर दी और कहा:

"देखो– बाबू जी से मत कहना कि मैंने ठीक की है।" उस लड़के की दोस्ती उसी बीच अपने एक सहपाठी से हो गई। तपिश साहब को इसका इतना दुख हुआ कि आधे पागल से हो गये। दाढ़ी बढ़ा ली। सख़्त गर्मियां थी– मगर आप ओवर कोट पहने थे– सर पर पनामा हैट और छींट की नेकर थी– पांव में फुल बूट– लेकिन उनकी बातें जब कभी असंतुलित नहीं होती थीं।

उस ज़माने में उन्होंने उस लड़के के बारे में अनगिनत शेर कहे जो शेर कहलाने के लाइक़ हैं, इसलिए कि उनमें तपिश साहब के दिल को जो ठेस पहुंची थी, उसका साफ़ पता चलता है। उनमें दर्द है, कसक है, और अफ़लातूनी इश्क़ की तमाम गहराइयां भी मौजूद हैं।

यों भी तपिश साहब को दुनिया के मामलात से कोई ख़ास दिलचस्पी नहीं थी, लेकिन इस हादसे के बाद वो बिल्कुल बेनयाज़ हो गए– खाना मिला तो खा लिया, नहीं मिला तो कोई पर्वा नहीं।

मुझे एक लतीफ़ा याद आ गया–

हम लाहौर के हाजी होटल में बैठे थे। तपिश साहब खाना खा चुके थे, लेकिन मुझे खाना था। वो मेरे पास बैठे थे कि इतने में उनके चंद दोस्त आए जो पास वाले मेज़ पर बैठ गए। उनमें से एक ने तपिश साहब से 'अलैक-सलैक' करने के बाद कहा: "आइये खाना तनावुल फ़रमाइये।"

तपिश साहब ने शुक्रिया अदा किया:

"खुदा आपको बहुत-बहुत दे– मैं घर से खा कर आया हूं।"

उनके दोस्त ने बड़ी ज़िद की कि वो ज़रूर खाएं। आख़िर तंग आकर वो उनके पास बैठ गये और बारह रोटियां और सालन मंगवाई। इसके बाद फिरनी की चार प्लेटें खाईं और खुदा का शुक्र अदा कर वहां से उठे और

मेरे पास चले आए– उनके इस दोस्त की हालत क़ाबिले-रहम थी। जिसने उनको दावत दी थी। वो बिल्कुल मबहूत था। वो शायद इस लम्हे पर लानतें दर लानतें भेज रहा था– जब उसने तपिश साहब से कहा:

"आइऐ खाना तनावुल फरमाइये–"

मेरा ख़्याल है कि तपिश साहब में ज़ायके की हिस मौजूद नहीं थी। वो हर चीज़ खा सकते थे। थूहर और केले में उनके नज़दीक कोई फ़र्क़ नहीं था। कच्चे चावल थे या उबले हुए– ताज़ा हो या पांच-छः रोज़ की बासी, उनके लिए एक जैसे थे।

मैंने कभी उनको किसी चीज़ के बारे में शिकायत करते नहीं सुना– जो मिल जाए, ठीक है– लेकिन हैरत है कि इस क़िस्म की तपक तबीयत का मालिक जो फालूदे में ख़ीर नमकीन चाय और नीलोफर शरबत मिला कर पी जाता। तमाम सब्ज़ियां पत्तों और डंठलों समेत खाता है। एक-एक पाव सुर्ख़ मिर्चें फांक जाता है, अपनी सेहत कैसे बरक़रार रख सकता है।

उनकी सेहत क़ाबिल रश्क हद तक अच्छी थी– सुर्ख़ रंगत, सर का एक बाल भी सफ़ेद नहीं हुआ था– हालांकि वो मुझसे उम्र में सात-आठ साल बड़े थे।

यानी छियालीस-सैंतालिस बरस के लगभग थे, मगर उनके मुक़ाबले में, मैं बूढ़ा दिखाई देता था। मेरे सर के बाल आधे से ज़्यादा सफ़ेद हो चुके थे।

तपिश साहब को औरतों से कोई रग़बत नहीं थी। उनका यह कहना था कि सिनफ़े-नाज़ुक से सिनफ़े करख़्त को कोई वास्ता नहीं चाहिए। शीशे का रिश्ता पत्थर से ग़ैर। यही वजह है कि उन्होंने अपनी बीवी को उन्होंने कभी घर में बसाया ही नहीं था– आज उसे तलाक़ देकर आज़ाद कर दिया।

जब मेरे बुलाने पर बम्बई आए तो वो अपनी बीवी को तलाक़ देकर आए थे। मुझ से उन्होंने इस बात का ज़िक्र बहुत देर बाद में किया– क्योंकि उनके ख़्याल के मुताबिक़ ये कोई अहमद बात नहीं थी।

लेकिन इसकी प्रतिक्रिया उन पर इस तरह हुई कि उन्होंने नियमित रूप से कुरान मजीद की तिलावत शुरू कर दी– मगर उनकी तिलावत का तरीक़ा भी अजीबो-ग़रीब है।

मैंने एक दिन देखा कि वो सुबह-सवेरे उठे, नहाया। और बिल्कुल नंग-धड़ंग, बदन ख़ुश्क किए बिना कुर्सी पर बैठ गये। हमायल शरीफ़ निकाली और तिलावत शुरू कर दी– एक पारा पढ़ा– कपड़े पहने और बाहर निकले। मैं हैरत में गुम था कि आख़िर ये सिलसिला क्या है।

कहीं उनका दिमाग़ तो नहीं चल गया है। लेकिन मेरा ख़्याल ग़लत साबित हुआ। बाहर निकल कर उन्होंने ट्राम के एक टिकट पर नज़्म लिखी। मुझ से बड़ी पुरमग़ज़ गुफ़्तुगू की। मेरी ज़बान की चन्द ग़लतियों की तरफ़ मेरी तवज्जोह दिलाई मेरे दिमाग़ में बड़ी खदबद हो रही थी, इसलिए मैं उनसे पूछे बग़ैर न रह सका।

"तपिश साहब– आप नंगे– नंगे बदन क़ुरान मजीद की तिलावत क्यों करते हैं? क्या यह मायूब नहीं–"

तपिश साहब मुस्कुराए–

"क़ुरान में कहीं भी यह हुक्म सादर नहीं किया गया कि आदमी तीनों कपड़े पहनकर उसकी तलावत करे– मैं इसलिए कपड़े नहीं पहनता कि उनमें कोई गंदगी की आलाइश हो– नहाने के बाद मैं तौलिए से अपना बदन भी इसीलिए खुश्क नहीं करता।"

अजब मंतिक़ थी।

बहरहाल मैं ख़ामोश रहा, क्योंकि उनसे बात करना एक अच्छी-ख़ासी लम्बी बहस का आरंभ करना था।

इसी बीच उन्हें दमा हो गया– मैंने डाक्टर को बुलाया। सोलह रुपये उसकी फ़ीस अदा की– मगर तपिश साहब ने उस डाक्टर से बड़े करख़्त लहजे में कहा:

"साहब! आपको यहां किस ने बुलाया– मुझे मालूम है मुझे बीमारी क्या है, और मुझे इसका इलाज भी मालूम है– आप तशरीफ़ ले जाएं तो बेहतर है।"

डाक्टर साहब तशरीफ़ ले गए– तपिश साहब ने इक्कीस दिन फ़ाक़ाकशी की कुछ खाया पिया– उसके बाद उन्होंने मुझे बुलाया और कहा:

"मैं अब बिल्कुल ठीक हो गया हूं– नौकर को चौपाटी भेजो और आठ आने रगड़े मंगवाओ– ढेर सारी मिर्चें हों।"

'रगड़ा' बम्बई की ज़बान चाट को कहते हैं– यानी आलू-छोले।

मेरी समझ में नहीं आता था कि ये ख़ौफ़नाक चीज़ें मंगवाऊं या न मंगवाऊं, तपिश साहब के आगे क्या पेश चल सकती थी। आख़िर मैंने नौकर को चौपाटी भेजा रगड़ा मंगवाया जो तपिश साहब ने सब का सब खा लिया। मेरा ख़्याल है कि इसमें इतनी मिर्चें और इतनी खटाई थी जो बीस-बाईस आदमियों को भी पेचिश जैसे रोग में ग्रस्त कर देती– लेकिन ताजुब है कि दूसरे रोज़ वो बिल्कुल ठीक-ठाक थे–

ऐसा मालूम होता था कि उन्हें दमा कभी हुआ ही नहीं था– मैंने जब अपनी हैरत प्रकट की तो उन्होंने मुझ से कहा:

"बेरादरम! हर बीमारी के लिए इलाज होते हैं– ज़रूरी नहीं कि हर शख़्स अपने मर्ज़ का इलाज किसी डाक्टर या हकीम ही से कराये– ख़ुदा ने हर आदमी को अपनी बीमारियों के लक्षण दूर करने की सूझ दी है– वो अगर उससे काम ले तो डॉक्टर और हकीमों की ज़रूरत ही नहीं।"

वो बिल्कुल ठीक-ठाक हो गये– उनका रंग जो किसी क़दर पीला हो गया था, चन्द रोज़ में रगड़ा खाकर फिर वही सुर्ख़ी अख़्तियार कर गया। आपने फिर इसी तरह हर रोज़ नज़्में और ग़ज़लें कहना शुरू कर दें– मुझे ऐसा महसूस होता था कि वो कभी बीमार नहीं हुए।

बहुत दिन गुज़र गए।

मेरा मतलब है क़रीब-क़रीब ढाई महीने का समय बीत गया– इसके बाद एक दिन अचानक तपिश साहब ने मुझ से कहा:

"मैं आपके यहां ठहरना मुनासिब नहीं समझता।"

मैंने हैरत से पूछा:

"क्यों?"

"किसी दोस्त को ज़्यादा देर तक तकलीफ़ नहीं देना चाहिए।"

मैने उनसे कहा:

"मुझे कोई तकलीफ़ नहीं– आप महज़ तकल्लुफ़ कर रहे हैं।"

तपिश साहब जिस बात का तहैया कर लें– ज़रूर पूरी होती है चुनांचि वो अपना छोटा सा टीन का बक्स उठा कर मेरे घर से चले गये।

मालूम नहीं कहां– अगर उन्होंने अपने ठिकाने के मुतल्लिक़ मुझे कुछ बताया होता तो मैं यक़ीनन हर रोज़ नहीं तो दूसरे तीसरे रोज़ ज़रूर जाता– मगर वो इस अफ़रा-तफ़री में गए कि मैं उनसे कुछ पूछ न सका।

एक दिन वो ख़ुद आए– ख़िलाफ़ मामूल नया सूट पहना हुआ था। बालों में तेल भी था– मुझ से मिलते ही कहने लगे:

"बेरादरम– मुझे इश्क़ हो गया है, दर असल।"

मैं चकरा गया– तपिश साहब और इश्क– क्या इस लाहौरी लड़के का कोई दूसरा जन्म बम्बई में हो गया है।

तपिश साहब ने मुझ ज़्यादा देर असमंजस कि स्थिति में न रखा और अपने इश्क़ की घटना सुना दी– मुझे यह मालूम करके बड़ी हैरत हुई कि उन्हें एक लड़की से इश्क़ हुआ था।

ये लड़की एक मुजावर की बेटी थी उसकी मां मर चुकी थी। तपिश साहब विक्टोरिया गार्डन में उसको अपने साथ लाये और मुझे मजबूर किया कि उसका फोटो उतारा जाए, चुनांचि उनके हुक्म के मुताबिक अपने एक दोस्त से कैमरा लेकर पहुंचा–

लड़की ख़ूबसूरत थी– बड़ी अल्हड़ क़िस्म की– तपिश साहब से बहुत छनती थी। इससे ज़्यादा मुझ से और इससे भी ज़्यादा आस-पास के माहौल से–

ख़ैर, मैंने चार-पांच पोज़ लिए– और विक्टोरिया गार्डन में उन दोनों को छोड़ कर घर चला आया– मेरे दिलोदिमाग़ बहुत बेचैन थे। मेरे अनुमान में कभी ये चीज़ आ ही नहीं सकती थी कि तपिश कश्मीरी साहब कभी किसी औरत में दिलचस्पी लेंगे। लेकिन जैसा कि मुझे बाद में मालूम हुआ वो उस लड़की से जिसका नाम मुझे याद नहीं आ रहा, बेहद मुहब्बत करते थे।

मैंने एक दिन उन से कहा:

तपिश साहब इतनी देर हो गई है आप उससे शादी क्यों नहीं कर लेते।

उन्होंने बड़ी संजीदगी से जवाब दिया।

"मैं रूपया जमा कर रहा हूं– उसके बाप से तमाम बातों का फ़ैसला हो चुका है– मैंने उसके भाई के लिए एक सूट बनवा दिया है। बाप को भी कुछ रुपये दे चुका हूं, इसलिए कि उसके पास शादी के खर्चे के लिए कुछ– भी नहीं– एक सोफ़ा सेट– एक ड्रेसिंग टेबल और चार कुर्सियां भी ख़रीद कर उसके बाप के हवाले कर दें– मैं चाहता हूं, शादी के बाद उनही के साथ रहूं। वो उदास नहीं होगी।"

मैंने कहा: "ये तो बहुत अच्छा और नेक ख़्याल है।"

तपिश साहब ज़रा फूल से गये।

"मैं हरामकारी का क़ायल नहीं– उससे बाक़ायदा अक़्द करना चाहता हूं।" मैंने उनसे इस ख़दशे का ज़िक्र किया जो अचानक मेरे दिमाग़ में पैदा हो गया।

"हो सकता है– कोई और– मेरा मतलब है, कोई और आप पर बाज़ी ले जाये। तपिश साहब के गाल और ज़्यादा सुर्ख़ हो गये–

कौन बाज़ी ले जा सकता है मुझ पर– मैं शायर हूं– लेकिन और– दर्रे का मुंडा भी हूं। मैं क़लम के इलावा लट्ठ से भी काम लेना जानता हूं–"

तपिश साहब घर बनाने की फिक्र में मसरूफ़ थे कि उस लड़की का

प्रेम एक नौजवान पहलवान से हो गया– इसी दौरान लड़की के बाप को हैज़ा हुआ और वो दो दिन के बाद ही मर गया।

तपिश साहब ने उसके कफ़न-दफ़न का इंतेज़ाम किया– बड़े एहतराम से उसको दफ़न किया।

चौथे रोज़ उन्हें मालूम हुआ कि लड़की उसी नौजवान पहलवान के साथ भाग गई है–

यह उन्हें ठीक उस समय मालूम हुआ जो वो खेतवाड़ स्ट्रीट से निकले थे। तपिश साहब ने सायकिल किराये पर ली और उस मोटर का पीछा किया जिसमें पहलवान उस लड़की को अग़वा करके ले जा रहा था।

तपिश साहब ने उनको पकड़ लिया होता– लेकिन उनकी सायकिल एक विक्टोरिया गाड़ी की झपट में आ गई– आप बहुत बुरी तरह ज़ख़्मी हुए। दाऐं कलाई की हेड्डी टूट गई।

दोस्तों ने उन्हें अस्पताल में दाख़िल करा दिया।

चोट इतनी असरअंदाज़ हुई... कि वो कई दिन बेहोश रहे। उनका बाज़ू प्लास्टिक में बंधा हुआ था। हिलने-जुलने की इजाज़त नहीं थी।

लेकिन जब उन्हें होश आया तो उन्होंने यह ठानी कि अस्पताल से किसी न किसी तरीक़े से निकलना चाहिए। जनरल वार्ड में थे।

जब देखा कि डाक्टर खाना खाने गए हैं– तो वार्ड से निकल आए और सीधे मेरे पास आए, और कहा:

"मुझसे फ़िज़ूल बातें मत पूछना।"

मैंने उनसे कोई फ़िज़ूल बात न पूछी।

लेकिन–

एक दिन उन्होंने मुझसे पूछा:

"मैं अब क्या करूं–"

अब इसका मेरे पास क्या जवाब हो सकता था– मैंने सिर्फ इतना कहा:

"तपिश साहब– आप मुझसे बेहतर जानते हैं। मैं तो कम अक़्ल हूं–"

तपिश साहब मेरा ये जवाब सुनकर कुछ क्षण ख़ामोश रहे।

इसके बाद कहा:

"ठीक है। हर शख़्स अपने मामलात अच्छी तरह जानता है।"

दूसरे दिन से उन्होंने ज़नाना लिबास पहनना शुरू कर दिया– ये वही कपड़े थे जो उन्होंने उस लड़की के लिए बनवाये थे।

रिश्वत

अहमद दीन खाते-पीते आदमी का लड़का था– अपने हमउम्र लड़कों में सबसे ज़्यादा ख़ुश-पोश माना जाता था– लेकिन एक वक़्त ऐसा भी आया कि वो ख़स्ताहाल हो गया।

उसने बी.ए. किया और अच्छी पोज़ीशन हासिल की– वो बहुत ख़ुश था– उसके पिता ख़ान बहादुर अताउल्लाह का इरादा था कि उसे उच्च शिक्षा के लिए विलायत भेजेंगे। पासपोर्ट ले लिया गया था– सूट वग़ैरह भी बनवा लिए गये थे कि अचानक ख़ान बहादुर अताउल्लाह ने जो बहुत शरीफ़ आदमी थे, किसी दोस्त के कहने पर सट्टा खेलना शुरू कर दिया।

शुरू में उन्हें इस खेल में काफ़ी मुनाफ़ा हुआ– वो ख़ुश थे कि चलो मेरे बेटे के उच्च शिक्षा का ख़र्च निकल आया– मगर लालच बुरी बला है। उन्होंने समझा कि उनकी पुश्त पर चौगुनी है– जीतते ही चले जाएंगे।

उनका वो दोस्त जिसने उनको इस रास्ते पर लगाया था बार-बार उनसे कहता था:

"ख़ान साहब– माशाअल्लाह आप क़िस्मत के धनी हैं– मिट्टी में भी हाथ डालें तो सोना बन जाये।"

और वो इस क़िस्म की चापलूसियों द्वारा ख़ान बहादुर से सौ-दो सौ रुपये ऐंठ लेता। ख़ान बहादुर को भी कोई तकलीफ़ महसूस न होती, इसलिए कि उन्हें बिना परिश्रम के हज़ारों रुपये मिल जाते थे।

अहमद दीन बुद्धिमान और समझदार लड़का था– उसने एक दिन अपने बाप से कहा:

"अब्बा जी! ये अपने जो सट्टाबाज़ी शुरू की है– माफ़ कीजिएगा,

इसका अंजाम अच्छा नहीं होगा–''

ख़ान बहादुर ने तेज़ लहजे में उससे कहा:

बरख़ूदार! तुमहें मेरे कामों में दख़ल देने की जुर्रत नहीं होनी चाहिए। मैं जो कुछ कर रहा हूं, ठीक है– जितना रुपया आ रहा है, वो मैं अपने साथ क़ब्र में लेकर नहीं जाऊंगा। ये सब तुम्हारे काम आएगा--''

अहमद दीन ने बड़ी मासूमियत से पूछा:

''लेकिन अब्बा जी, ये कब तक आता रहेगा– हो सकता है कल को ये जाने भी लगे–''

ख़ान बहादुर भिन्ना गए।

''बकोमत– आता ही रहेगा।''

रुपया आता रहा–

लेकिन एक दिन ख़ान बहादुर ने कई हज़ार रुपये की रक़म दाव पर लगा दी– लेकिन परिणाम शून्य निकला– दस हज़ार हाथ से देने पड़े–

ताव में आकर उन्होंने बीस हज़ार रूपये का सट्टा खेला– उनको यक़ीन था कि सारी कसर पूरी हो जाएगी– लेकिन सुबह जब उन्होंने अख़बार देखा तो मालूम हुआ कि ये बीस हज़ार भी गए।

ख़ान बहादुर हिम्मत हारने वाले नहीं थे उन्होंने अपना एक मकान गिरवी रख कर पच्चास हज़ार रुपये लिए, और सब का सब अल्लाह का नाम लेकर चांदी के सट्टे पर लगा दिए।

अल्लाह का नाम तो ख़ैर अल्लाह का नाम है– वो चांदी और सोने की मार्किट पर कंट्रोल कर सकता है– सुबह हुई तो ख़ान बहादुर को मालूम हुआ कि चांदी का भाव एकदम गिर गया है– उनको इतना सदमा हुआ कि दिल के दौरे पड़ने लगे।

अहमद दीन ने उनसे कहा:

''अब्बा जी– छोड़ दीजिए इस बकवास को–''

ख़ान बहादुर ने बड़े गुस्से में अपने बेटे से कहा:

''तुम बकवास मत करो– मैं जो कुछ कर रहा हूं ठीक है।''

अहमद दीन ने अदब से कहा:

''लेकिन अब्बा जान– ये जो आपको दिल की तकलीफ़ शुरू हो गई है, उसकी वजह क्या है?''

''मुझे कया मालूम– अल्लाह बेहतर जानता है– ऐसे रोग इंसान को होते ही रहते हैं।''

अहमद दीन ने कुछ देर सोचने के बाद कहा:

''जी हां– इंसान को हर क़िस्म के रोग होते रहते हैं। लेकिन उनकी कुछ वजह भी होती है। मिसाल के तौर पर अगर आप कोई ऐसी चीज़ खालें जिसमें हैजे के जरासीम हों और–''

ख़ान बहादुर को अपने बेटे की यह गुफ़्तुगू पसंद नहीं थी।

''तुम चले जाओ यहां से– मेरा मग़ज़ मत चाटो– मैं हर चीज़ से वाक़िफ़ हूं–''

अहमद दीन ने कमरे से बाहर निकलते हुए कहा:

''यह आपकी ग़लतफ़हमी है– कोई इंसान भी हर चीज़ से वाक़िफ होने का दावा नहीं कर सकता।''

अहमद दीन चला गया।

ख़ान बहादुर अंदरूनी तौर पर खुद को बहुत बड़ा चुग़द समझने लगे थे। लेकिन वो अपने इस एहसास को अपने लड़के पर ज़ाहिर नहीं करना चाहते थे।

बिस्तर पर लेटे उन्होंने बार-बार ख़ुद से कहा:

''ख़ान बहादुर अताउल्लाह– तुम ख़ान बहादुर बने फिरते हो– लेकिन असल में तुम अव्वल दर्जे के बेवक़ूफ़ हो।''

''तुम अपने बेटे की बात पर कान क्यों नहीं धरते– जबकि तुम जानते हो कि वो जो कुछ कह रहा है, सही है।''

''जितना रुपया तुमने हासिल किया था, उससे दुगना रुपया तुम बरबाद कर चुके हो– क्या ये दुरुस्त है?''

ख़ान बहादुर झुंझला गए और बड़बड़ाने लगे:

''सब दुरुस्त है– सब दुरुस्त है– एक मैं ही ग़लत हूं। लेक्िन मेरा ग़लत होना ही सही होगा– कभी-कभी ग़लतियां भी सेहत का सामान मुहैया कर देती हैं।''

पन्द्रह दिन बिस्तर पर लेटे, और इलाज कराने के बाद जब वो किसी क़द्र तन्दरुस्त हुए तो उन्होंने अपना एक और मकान बेच दिया– ये पच्चीस हज़ार रुपये में बिका।

ख़ान साहब ने ये सब रुपये में सट्टे पर लगा दिये उनको पूरी उमीद थी कि वो अपनी अगली पिछली कसर पूरी कर लेंगे। मगर क़िस्मत ने यावरी न की और वो उन पच्चीस हज़ार रुपयों से भी हाथ धो बैठे।

अहमद दीन पेचो-ताब खा के रह गया– उसकी समझ में नहीं आता

था कि अपने बाप को किस तरह समझाए– वो उसकी कोई बात सुनते ही नहीं थे।

अहमद दीन ने आख़री कोशिश की।

और एक दिन जब उसका बाप अपने कमरे में हुक़्क़ा पी रहा था, और मालूम नहीं किस सोच में डूबा था कि उससे डरते-डरते मुख़ातिब हुआ:

"अब्बा जी–"

ख़ान बहादुर सोच में इतना डूबे थे कि उन्होंने अपने लड़के की आवाज़ ही नहीं सुनी।

अहमद दीन ने आवाज़ को ज़रा बुलन्द किया:

"अब्बा जी– अब्बा जी!"

ख़ान बहादुर चौंके।

"क्या है–"

अहमद दीन कांप गया–

"कुछ नहीं अब्बा जी– मुझे– मुझे आपसे एक बात कहना थी।"

ख़ान बहादुर ने हुक़्क़े की नड़ी अपने मुंह से जुदा की।

"कहो, क्या कहना है।"

अहमद दीन ने कहा:

"मुझे ये अर्ज़ करना है– ये दरख़्वास्त करना थी– कि आप सट्टा खेलना बन्द कर दें।"

हुक़्क़े का एक ज़ोरदार कश लेकर वो अहमद दीन पर बरस पड़े–

"तुम कौन होते हो मुझे नसीहत करने वाले– मैं जानूं, मेरा काम। क्या अब तक तुम्हारे ही मशवरे से मैं सारे काम करता रहूं– देखो, मैं तुम से कहे देता हूं कि आइंदा मेरे मामले में कभी दख़ल न देना– मुझे ये गुस्ताख़ी हर्गिज़ पसंद नहीं– समझे।"

अहमद दीन की गर्दन झुकी हुई थी।

"जी मैं समझ गया–"

और यह कहकर वो अपने बाप के कमरे से निकल गया।

सट्टे की लत शराब की आदत से भी कहीं ज़्यादा बुरी होती है। ख़ान बहादुर उसमें कुछ ऐसे गिरफ़्तार हुए कि जाएदाद– सब की सब इस ख़तरनाक खेल की भेंट चढ़ गई।

मरहूम बीवी के ज़ेवर थे। वो भी बिक गए। और नतीजा इसका ये निकला कि उनके दिल के रोग ने कुछ ऐसी शक्ल इख़्तियार की कि वो

एक रोज़ सुबह-सवेरे, गुस्लख़ाने में दाख़िल होते ही धम से गिरे और एक सिकेंड के अन्दर दम तोड़ दिया।

अहमद दीन को ज़ाहिर है कि अपने बाप की मौत का बहुत सदमा था वो कई दिन निढाल रहा।

उसकी समझ में नहीं आता था कि क्या करे। बी.ए.पास था, उच्च शिक्षा प्राप्त करने के सपने देख रहा था– मगर अब सारा नक़्शा ही बदल गया था। उसके बाप ने एक फूटी कौड़ी भी उसके लिए नहीं छोड़ी थी। मकान जिसमें वो अकेला रहता था– रहन था।

यहां से उसको कुछ अर्से के बाद निकलना पड़ा। घर की मुख़्तलिफ़ चीज़ें बेचकर उसने चार-पांच सौ रुपये प्राप्त किए और एक गंदे मुहल्ले में कमरा किराये पर ले लिया। मगर पांच सौ रुपये कब तक उसका साथ दे सकते थे। ज़्यादा से ज़्यादा एक बरस तक बड़ी किफ़ायत शिआरी से गुज़ार कर लेता।

लेकिन इसके बाद क्या होता।

अहमद दीन ने सोचा

"मुझे नौकरी कर लेनी चाहिए। चाहे वो कैसी भी हो– पचास-साठ रुपये महीने के मिल जाएं, तो गुज़र-बसर हो जाएगा।"

उसकी मां को मरे इतने ही बरस हो गए थे जितने उसको जीते। अहमद दीन ने हालांकि उसकी शक्ल तक न देखी थी– न उसको दूध पीना नसीब हुआ था– फिर भी वो अक्सर उसको याद करके आंसू बहाता रहता–

अहमद दीन ने नौकरी पाने की बड़ी कोशिश की– मगर कामयाबी न हुई। इतने बेरोज़गार और बेकार आदमी थे कि वो ख़ुद को उस बेरोज़गारी और बेकारी के समुन्दर में एक क़तरा समझता था।

लेकिन इस एहसास के बावजूद उसने हिम्मत न हारी– और अपनी तगो-दौ जारी रखी।

बहुत दिनों के बाद उसे मालूम हुआ कि अगर किसी अफ़सर की मुट्ठी गर्म की जाए तो नौकरी मिलने का इमकान पैदा हो सकता है। लेकिन वो मुट्ठी गर्म करने का मसाला कहां से लाता।

एक दफ़्तर में जब वो नौकरी के सिलसिले में गया तो हेड क्लर्क ने उससे शफ़ीक़ाना अंदाज़ में कहा:

"देखो बरखुर्दार– यों खाली-ख़ाली काम नहीं चलेगा– जिससे

असामी के लिए तुमने दरख़्वास्त दी है, इसके लिए पहले ही दो सौ पच्चास दरख़्वास्त वसूल हो चुकी है– मैं बड़ा साफ़-गो आदमी हूं– पांच सौ रुपये अगर तुम दे सकते हो तो ये नौकरी तुमहें ज़रूर मिल जाएगी–''

अब अहमद दीन पांच सौ रुपये कहां से लाता– उसके पास मुश्किल से बीस या तीस रुपये थे।

चुनांचि उसने हेड क्लर्क से कहा:

''जनाब! मेरे पास इतने रुपये नहीं– आप नौकरी दिलवा दीजिए, तंख़्वाह में से आधी रक़म आप ले लिया करें।''

हेड क्लर्क हंसा–

''तुम हमें बेवक़ूफ़ बनाते हो– जाओ, चलते बनो–''

अहमद दीन बहुत देर तक चलता रहा– मगर उसे इत्मीनान से कहीं बैठने का मौक़ा न मिला। जहां जाता, रिश्वत का सवाल सामने– दुनिया शायद रिश्वत ही की वजह से आलमे-वजूद में आई है–

शायद ख़ुदा को किसी ने रिश्वत दी हो और उसने ये दुनिया बना दी हो।

अहमद दीन के पास जब पैसा भी न रहा तो मज़दूरी शुरू कर दी। बोझ उठाता और हर रोज़ दो रुपये कमा लेता।

महंगाई का ज़माना था– गो दोनों वक़्त का खाना भटियारख़ाने में खाता, लेकिन उसे काफ़ी खर्च बर्दाश्त करना पड़ता।

ज़्यादा से ज़्यादा एक आना बच रहता–

अहमद दीन मज़दूरी करता– मगर उसके दिलो-दिमाग़ पर रिश्वत का चक्कर घूमता रहता था– ये एक बहुत बड़ी लानत थी– और वो चाहता था कि उससे किस तरह निजात हासिल करे– और मज़दूरी छोड़ कर कोई ऐसी मुलाज़मत इख़्तियार करे जो उसके शायाने-शान हो– आख़िर वो बी.ए.पास था– फर्स्ट क्लास फ़र्स्ट।

उसने सोचा कि नामज़ पढ़ना शुरू कर दे– ख़ुदा से दुआ मांगी कि वो उसकी सुने, चुनांचि उसने बाक़ायदा पांच वक़्त की नमाज़ शुरू कर दी। यह सिलसिला एक वक़्त तक जारी रहा मगर कोई नतीजा बरामद न हुआ।

इस दौरान में उसके पास तीस रुपये जमा हो चुके थे। सुबह की नमाज़ अदा करने के बाद वो डाकख़ाने गया। तीस रुपये का पोस्टल आर्डर लिया लिफाफ़े में डाल कर साथ ही एक पुर्ज़ा भी रख दिया जिस पर मज़मून कुछ इस तरह का था:

"अल्लाह मियां– मैं समझता हूं तुम भी रिश्वत लेकर काम करते हो। मेरे पास तीस रुपये हैं जो तुम्हें भेज रहा हूं– मुझे कहीं अच्छी–सी नौकरी दिलवा दो– बोझ उठा–उठा कर मेरी कमर दोहरी हो गई है।

लिफ़ाफ़े पर उसने पता लिखाः

"बख़िदमत जनाब अल्लाह मियां– मालिके–काइनात"

चन्द रोज़ बाद अहमद दीन को एक ख़त मिला जो काइनात अख़बार के एडीटर के तरफ़ से था, उसका नाम मुहम्मद मियां था। ख़त के ज़रीये उसने अहमद दीन को बुलाया था। वो 'काइनात' के दफ़्तर में गया जहां अनुवादक की हैसियत से सौ रुपये महीने पर रख लिया गया–

अहमद दीन ने सोचा–

आख़िर रिश्वत काम आ ही गई।

मम्मी

नाम उसका मिसेज़ स्टेला जैक्सन था मगर सब उसे मम्मी कहते थे। दर्मियाने क़द की अधेड़ उम्र की औरत थी। उसका पति जैक्सन पिछले से पिछला विश्व महायुद्ध में मारा गया था। उसकी पेंशन स्टेला को क़रीब-क़रीब दस बरस से मिल रही थी।

वो पूना में कैसे आई, कब से वहां थी, उसके मुतल्लिक़ मुझे कुछ मालूम नहीं। दरअसल मैने उसके महल के मुतल्लिक़ कभी जानने की कोशिश नहीं की थी। वो इतनी दिलचस्प औरत थी कि उससे मिलकर सिवाए उसकी ज़ात से और किसी चीज़ से दिलचस्पी नहीं रहती थी। इससे कौन जुड़ा है, उसके बारे में कुछ जानने की ज़रूरत ही महसूस नहीं होती थी। इसलिए कि वो पूना मेरे लिए वही पूना है, और उसके वही ज़र्रे, उसके तमाम ज़र्रे हैं जिनके साथ मेरी चंद यादें जुड़ी हैं– और मम्मी की अजीबो-ग़रीब शख़्सीयत उनमें से हरेक में मौजूद है।

उससे मेरी पहली मुलाक़ात पूना ही में हुई... मैं निहायत आलसी इंसान हूं। यो तो सैरो-सियाहत की बड़ी-बड़ी उमंगें मेरे दिल में मौजूद हैं, आप मेरी बातें सुनें तो आप समझियेगा कि मैं जल्दी ही कंचनजंगा या हिमालय की इसी क़िस्म के नाम की किसी चोटी पर चढ़ने के लिए निकल जाने वाला हूं। ऐसा हो सकता है कि मैं ये चोटी की सैर कर के वहीं का हो रहूं।

खुदा मालूम कितने बरस से बम्बई में था। आप इससे अंदाज़ा लगा सकते हैं कि जब पूना गया तो बीवी मेरे साथ थी। एक लड़का होकर उसको मेरे क़रीब-क़रीब चार बरस हो चुके थे। इस दौरान मैं... ठहरिये मैं

हिसाब लगा लूं... आप यह समझ लीजिये कि आठ बरस से बम्बई में था। मगर इस दौरान में मुझे वहां का विक्टोरिया गार्डेंज और म्युज़ियम देखने की भी तौफ़ीक़ नहीं हुई थी। यह तो महज़ इत्तेफाक़ था कि मैं एकदम पूना जाने के लिए तैयार हो गया। जिस फिल्म कम्पनी में मुलाज़िम था, उसके मालिकों से एक निकम्मी-सी बात पर दिल में नाराज़ी पैदा हुई और मैं ने सोचा कि ये शिकायत दूर करने के लिए पूना न हो आऊं। वो भी इसलिए कि पास था और वहां मेरे चंद दोस्त रहते थे।

मुझे प्रभात नगर जाना था, जहां मेरा फिल्मों का पुराना साथी रहता था। स्टेशन के बाहर मालूम हुआ कि यह जगह काफ़ी दूर है। मगर उस वक़्त हम तांगा ले चुके थे। धीरे चलने वाली चीज़ों से मेरी तबीयत सख़्त घबराती है, मगर मैं अपने दिल से मलिनता दूर करने आया था, इसलिए मुझे प्रभात नगर पहुंचने में कोई दिक़्क़त नहीं थी। तांगा बहुत वाहियात क़िस्म का था। अलीगढ़ के इक्कों से भी वाहियात। हर वक़्त गिरने का ख़तरा रहता है। घोड़ा आगे चलता है और सविरियां पीछे। एक-दो गर्द से अटे हुए बाज़ार के रास्ते तय हुए तो मेरी तबीयत घबरा गई। मैने अपनी बीवी से मश्वरा किया और पूछा कि ऐसी सूरत में क्या करना चाहिए। उसने कहा कि ध ूप तेज़ है। मैने जो और तांगे देखे हैं, वो भी इसी क़िस्म के हैं। अगर उसे छोड़ दिया तो पैदल चलना होगा जो ज़ाहिर है कि इस सवारी से ज़्यादा तकलीफ़देह है। मैने उससे इख़्तिलाफ़ मुनासिब न समझा... धूप वाक़ई तेज़ थी।

घोड़ा एक फर्लांग आगे बढ़ा होगा कि पास से उसी हवन्नक़ टाइप का एक तांगा गुज़रा। मैने सरसरी तौर पर देखा। एकदम कोई चीखा: "ओए मंटो के घोड़े!"

मैं चौंक पड़ा। चड्ढा था। एक घिसी हुई मेम के साथ। दोनों साथ-साथ जुड़के बैठे थे। मेरा पहला रद्‌देअमल इंतहाई अफ़सोस का था कि चड्ढे की जमालयाती हिस कहां गई जो ऐसी लाल लगामी के साथ बैठा है। उम्र का ठीक अंदाज़ा तो मैने उस वक़्त नहीं किया था मगर उस औरत की झुर्रियां पाउडर की तहों से साफ़ नज़र आ रही थीं। इतना शोख़ मेकअप था कि देखने वालों को सख़्त कोफ्त होती थी।

चड्ढा को एक अर्से के बाद मैने देखा था। वो मेरा बेतकल्लुफ़ दोस्त था। "ओए मंटो के घोड़े" के जवाब में यक़ीनन मैने भी कुछ इसी क़िस्म का नारा बुलंद किया होता, मगर उस औरत को उसके साथ देखकर मेरी

सारी बेतकल्लुफ़ी झुर्रियां-झुर्रियां हो गईं।

मैने अपना तांगा रुकवा लिया। चड्ढा ने भी अपने कोचवान से कहा कि ठहर जाए। फिर उसने उस औरत से मुख़ातिब होकर अंग्रेज़ी में कहा: "मम्मी। जस्ट ए मिनट" तांगे से कूद कर वो मेरी तरफ़ अपना हाथ बढ़ाते हुए चीख़ा। "तुम–तुम यहां कैसे आए?" फिर अपना बढ़ा हुआ हाथ बड़ी बेतकल्लुफ़ी से मेरी पुरतकल्लुफ़ बीवी से मिलाते हुए कहा "भाभी जान– आपने कमाल कर दिया– इस गुल मुहम्मद को आख़िर आप खींच कर यहां ले ही आईं।"

मैने उससे पूछा: "तुम जा कहां रहे हो?"

चड्ढा ने ऊंचे सुरों में कहा: "एक काम से जा रहा हूं– तुम ऐसा करो सीधे..." वो एकदम पलट कर मेरे तांगे वाले से मुख़ातिब हुआ: देखो, साहब को हमारे घर ले जाओ– किराया-विराया मत लेना इन से। "उधर से फौरन ही फ़ारिग़ होकर उसने निबटने के अंदाज़ में मुझसे कहा: तुम जाओ। नौकर वहां होगा– बाक़ी तुम देख लेना।"

और वो फुदक कर अपने टांगे में उस बूढ़ी मेम के साथ बैठ गया जिसको उसने मम्मी कहा था। उससे मुझे एक गूणा तस्कीन हुई थी। बल्कि यों कहिए कि वो बोझ जो एक दम दोनों को साथ-साथ देख कर मेरे सीने पर आ पड़ा था काफी हद तक हल्का हो गया था।

उसका तांगा चल पड़ा। मैने अपने तांगे वाले से कुछ न कहा। तीन या चार फर्लांग चल कर वो एक डाक बंगला नुमा क़िस्म की इमारत के पास रुका और नीचे उतर गया: "चलिए साहब..." मैने पूछा: "कहां?" उसने जवाब दिया: "चड्ढा साहब का मकान यही है।"

"ओह" मैने सवालिया नज़रों से अपनी बीवी की तरफ़ देखा। उसके तेवरों ने मुझे बताया कि वो चड्ढा के मकान के हक़ में नहीं थी। सच पूछिए तो वो पूना के हक में नहीं थी। उसको यक़ीन था मुझे वहां पीने-पिलाने वाले दोस्त मिल जायेंगे। तकद्दुर दूर करने का बहाना पहले ही से मौजूद है, इसलिए दिन रात उड़ेगी– मैं तांगे से उतर गया। छोटा-सा अटैची केस था, वो मैने उठाया और अपनी बीवी से कहा: "चलो!"

वो ग़ालिबन मेरे तेवरों से पहचान गई थी कि उसे हर हालत में मेरा फ़ैसला क़बूल करना होगा, चुनांचि उसने कोई बहस न की और ख़ामोश मेरे साथ चल पड़ी।

बहुत मामूली क़िस्म का मकान था। ऐसा मालूम होता था कि मिलिट्री

वालों ने आरज़ी तौर पर एक छोटा बंगला बनाया था, थोड़ी देर से इस्तेमाल किया और छोड़कर चलते बने। चूने और गच का काम बड़ा कच्चा था। जगह-जगह से पलस्तरा उखड़ा हुआ था और घर का अंदरूनी हिस्सा वैसा ही था जैसा कि बे-पर्वा कुंवारे का हो सकता है, जो फिल्मों का हीरो हो, और ऐसी कम्पनी में मुलाज़िम हो जहां माहाना तंख़्वाह हर तीसरे महीने मिलती है, वो भी कई क़िस्तों में।

मुझे इसका पूरा एहसास था कि वो औरत जो बीवी हो, ऐसे गंजे माहौल में यक़ीनन परेशानी और घुटन महसूस करेगी, मगर मैंने सोचा था कि चड्ढा आ जाये तो उसके साथ ही प्रभात नगर चलेंगे। वहां जो मेरा फिल्मों का पुराना साथी रहता था, उसकी बीवी और बच्चे भी थे। वहां के माहौल में मेरी बीवी "क़हर दर्वेश बरजान दर्वेश" दो-तीन दिन गुज़ार सकती थी।

नौकर भी अजीब ला-उबाली आदमी था। जब हम घर में दाख़िल हुए तो सब दरवाज़े खुले थे, मगर वो मौजूद नहीं था। जब आया तो उसने हमारी मौजूदगी का कोई नोटिस न लिया, जैसे हम सालहा-साल से वहीं बैठे थे, और इसी तरह बैठे रहने का इरादा रखते थे।

जब वो कमरे में दाख़िल होकर हमें देखे बिना पास से गुज़र गया तो मैं समझा कि शायद कोई मामूली एक्टर है जो चड्ढा के साथ रहता है पर जब मैंने उससे नौकर के बारे में पूछा तो मालूम हुअ कि वही चड्ढा साहब के चहेते मुलाज़िम थे।

मुझे और मेरी बीवी, दोनों को प्यास लग रही थी। उससे पानी लाने को कहा तो वो गिलास ढूंढने लगा। बड़ी देर के बाद उसने एक टूटा हुआ मग अलमरी के नीचे से निकाला और बड़बड़ाया: "रात एक दर्जन गिलास साहब ने मंगवाए थे, मालूम नहीं किधर गए।"

मैंने उसके हाथ में पकड़े हुए टूटे मग की तरफ़ इशारा किया: "क्या आप इसमें तेल लेने जा रहे हैं।"

तेल लेने जाना बम्बई का एक ख़ास मुहावरा है। मेरी बीवी इसका मतलब न समझी, मगर हंस पड़ी।

नौकर किसी क़द्र बौखला गया: "नहीं साहब... मैं... तलाश कर रहा था कि गिलास कहां है।"

मेरी बीवी ने उसको पानी लाने से मना कर दिया। उसने वो टूटा हुआ मग वापस अलमारी के नीचे इस अंदाज़ से रखा जैसे वही उसकी जगह थी,

अगर उसे कहीं और रख दिया जाता तो यक़ीनन घर का सारा निज़ाम दरहम-बरहम हो जाता। इसके बाद वो यों कमरे से बाहर निकला जैसे उसको मालूम था कि हमारे मुंह में कितने दांत हैं।

मैं पलंग पर बैठा था जो ग़ालिबन चड्ढा का था। उससे कुछ दूर हटकर दो आराम कुर्सियां थीं। उनमें से एक पर मेरी बीवी बैठी पहलू बदल रही थी। काफ़ी देर तक हम दोनों ख़ामोश रहे। इतने में चड्ढा आ गया। वो अकेला था। उसको इस बात का ज़रा भी एहसास नहीं था कि हम उसके मेहमान हैं और इस लिहाज़ से हमारी ख़ातिर-दारी लाज़िम थी। कमरे के अंदर दाख़िल होते ही उसने मुझ से कहा: वेट इज़ वेट- तुम तो आ गये ओल्ड व्वाय- चलो ज़रा स्टूडियो तक हो आएं। तुम साथ होगे तो एडवांस मिलने में आसानी हो जाएगी... आज शाम को..." मेरी बीवी पर उसकी नज़र पड़ी तो वो रुक गया और खिलखिला हंसने लगा: "भाभी जान कहीं आपने इसे मौलवी तो नहीं बना दिया?" फिर और ज़ोर से हंसा: "मौलवियों की ऐसी की तैसी। उठो मंटो, भाभी जान यहां बैठती हैं, हम अभी आ जायेंगे।"

मेरी बीवी जलकर पहले कोयला थी तो अब बिलकुल राख हो गई थी। मैं उठा और चड्ढा के साथ हो लिया। मुझे मालूम था कि थोड़ी देर पेचो-ताब खाकर वो सो जायेगी; चुनांचि यही हुआ। स्टूडियो पास ही था। अफ़रा-तफ़री में मेहता जी के सर चढ़ के चड्ढा ने दो सौ रुपये वसूल किए और हम पौन घंटा में जब वापस आए तो देखा कि वो आराम कुर्सी पर बड़े आराम से सो रही थी। हमने उसे बेआराम करना मुनासिब न समझा और दूसरे कमरे में चले गये जो कबाड़ खाने से मिलता जुलता था। उसमें जो चीज़ थी, हैरतअंगेज़ तरीक़े पर टूटी हुई थी कि सब मिलकर एक सालगी इख़्तियार कर गई थीं।

हर चीज़ गर्दआलूद थी और इस आलूदगी में एक ज़रूरीपन था, जैसे उसकी मौजूदगी बोहीमी फ़िज़ा की तकमील के लिए लाज़मी थी। चड्ढा ने फौरन ही अपने नौकर को ढूंढ निकाला और उसे सौ रूपये का नोट देकर कहा: "चीन के शहज़ादे... दो बोतलें थर्ड क्लास रम की ले आओ- मेरा मतलब है थ्री एक्स रम की, और निस्फ़ दर्जन गिलास।"

मुझे बाद में मालूम हुआ कि उसका नौकर सिर्फ़ चीन ही का नहीं, दुनिया के हर बड़े मुल्क का शहज़ादा था। चड्ढा की ज़बान पर जिस मुल्क का नाम आ जाता, वो उसी का शहज़ादा बन जाता था- इस वक़्त चीन का

शहज़ादा सौ का नोट उंगलियों से खड़खड़ाता चला गया।

चड्ढा ने टूटे हुए सुपर नगों वाले पलंग पर बैठकर अपने होंठ थ्री एक्स के स्वागत में चटख़ाते हुए कहा: वैट इज़ वैट– तो ऑफ़्टर आल तुम इधर आ ही निकले–'' लेकिन एकदम फ़िक्रमन्द हो गया–''यार भाभी का क्या हो... वो तो घबरा जायेगी।''

चड्ढा बग़ैर बीवी के था, मगर उसको दूसरों की बीवियों का बहुत ख़्याल रहता था। वो उनका इस क़द्र एहतराम करता था कि सारी उम्र कुंवारा रहना चाहता था, वो कहा करता था ''ये एहसास कमतरी है जिसने मुझे अभी तक इस नेमत से महरूम रखा है। जब शादी का सवाल आता है तो फौरन तैयार हो जाता हूं। लेकिन बाद में सोच रखा है। जब शादी का सवाल आता है तो फौरन तैयार हो जाता हूं। लेकिन बाद में सोच कर कि मैं बीवी के क़ाबिल नहीं हूं सारी तैयारी कोल्ड स्टोरेज में डाल देता हूं।''

रम फौरन ही आ गई, और गिलास भी। चड्ढा ने उनकी कोई पर्वा न की और ख़ुदा का शुक्र किया कि बोतलें सलामत रहें। एक बोतल जल्दी-जल्दी खेलकर उसने कुंवारे गिलासों में रम डाली और कहा: ''तुम्हारे पूना आने की खुशी में।''

हम दोनों ने लम्बे-लम्बे घोंट भरे और गिलास ख़ाली कर दिये।

दूसरा दौर शुरू करके चड्ढा उठा और दूसरे कमरे में देखकर आया कि मेरी बीवी अभी तक सो रही है। उसको बहुत तरस आया और कहने लगा: ''मैं शोर करता हूं, उनकी नींद खुल जाएगी... फिर ऐसा करेंगे... ठहरो... पहले मैं चाय मंगवाता हूं। ''यह कहकर उसने रम का एक छोटा-सा घूंट लिया और नौकर को आवाज़ दी: ''जमीका के शहज़ादे।''

जमीका का शहज़ादा फौरन ही आ गया। चड्ढा ने उससे कहा: ''देखो मम्मी से कहो एकदम फर्स्ट क्लास चाय तैयार कर के भेज दे– एकदम!''

नौकर चला गया। चड्ढा ने अपना गिलास ख़ाली किया और शरीफ़ाना पैग डाल कर कहा: ''मैं फ़िलहाल ज़्यादा नहीं पियूंगा। पहले चार पैग मुझे बहुत जज़्बाती बना देते हैं। मुझे भाभी को छोड़ने तुम्हारे साथ प्रभात नगर जाना है।''

आधे घंटे के बाद चाय आ गई। बहुत साफ़ बरतन थे। और बड़े सलीके से ट्रे में चुने हुए थे। चड्ढा ने टी कूज़ी उठा कर चाय की ख़ुश्बू सूंघी और ख़ुशी का इज़हार किया। ''मम्मी इज़ ए जेवल...'' फिर उसने

इथोपिया के शहज़ादे पर बरसना शुरू कर दिया। इतना शोर मचाया कि मेरे कान बिलबिला उठे। इसके बाद उसने ट्रे उठा ली और मुझ से कहा: "आओ।"

मेरी बीवी जाग रही थी। चड्ढा ने ट्रे बड़ी सफ़ाई से शिकस्ता तिपाई पर रखी और अदब से कहा: "हाज़िर है बेगम साहब।"

मेरी बीवी को यह मज़ाक़ पंसद न आया लेकिन चाय का सामान साफ़ सुथरा था, इसलिए उसने इंकार न किया और दो पियालियां पी लीं। इनसे उसको कुछ फ़रहत पहुंची। और उसने हम दोनों से मुख़ातिब होकर मानीख़ेज़ लहजे में कहा: "आप अपनी चाय तो पहले ही पी चुके हैं।"

मैने जवाब न दिया मगर चड्ढा ने झुककर बड़े ईमानदार तौर पर कहा: "जी हां, यह ग़लती हम से सरज़द हो चुकी है, लेकिन हमें यक़ीन था कि आप ज़रूर माफ़ कर देंगी।"

मेरी बीवी मुस्कुराई तो वो खिलखिला कर हंसा: "हम दोनों बहुत ऊंची नस्ल के सुअर हैं... जिन पर हर हराम शै हलाल है– चलिए अब हम आप को मस्जिद तक छोड़ आएं।"

मेरी बीवी को फिर चड्ढा का यह मज़ाक पसंद न आया। दरअसल उसको चड्ढा से नफरत थी, बल्कि यो कहिये कि मेरे हर दोस्त से नफ़रत थी। और चड्ढा ख़ास तौर से उसे बहुत खलता था, इसलिए कि वो कभी-कभी बेतकल्लुफ़ी की सीमाएं भी फांद जाता था। मगर चड्ढा को इसकी कोई पर्वा नहीं थी। मेरा ख़्याल है उसने कभी इसके बारे में सोचा ही नहीं था। वो ऐसी फ़िज़ूल बातों में दिमाग़ ख़र्च करना एक ऐसी इन डोर गेम समझता था जो लुडो से कई गुणा ला-यानी है। उसने मेरी बीवी के जले-भुने तेवरों को बड़ी हशाश-बशाश आंखों से देखा और नौकर को आवाज़ दी... "कबाबिस्तान के शहज़ादे– एक अदद तांगा लाओ। रोल्ज़ राइस क़िस्म का।"

कबाबिस्तान का शहज़ादा चला गया और साथ ही चड्ढा। वो दूसरे कमरे में गया था। एकांत मिला तो मैने अपनी बीवी को समझाया कि कबाब होने की कोई ज़रूरत नहीं। इंसान की ज़िन्दगी में ऐसे लम्हात आ ही जाया करते हैं जो वहमो-गुमान में भी नहीं होते। उनको बसर करने के लिए सबसे अच्छा तरीक़ा यही है कि उनको गुज़र जाने दिया जाये। लेकिन हस्बे-मामूल उसने मेरी इस 'कैंफोशीसाना' नसीहत को पल्ले न बांधा और बड़बड़ाती रही। इतने में कबाबिस्तान का शहज़ादा रोल्ज़ राइस किस्म का तांगा लेकर

आ गया। हम प्रभात नगर रवाना हो गए।

बहुत अच्छा हुआ कि मेरा फिल्मों का पुराना साथी घर में मौजूद नहीं था। उसकी बीवी थी। चड्ढा ने मेरी बीवी उसके सपुर्द की और कहा: "ख़रबूज़ा, ख़रबूज़े को देखकर रंग पकड़ता है। बीवी, बीवी को देखकर रंग पकड़ती है, ये हम अभी हाज़िर हो के देखेंगे।" फिर वो मुझसे मुख़ातिब हुआ: "चलो मंटो, स्टूडियो में तुम्हारे दोस्तों को पकड़ें।"

चड्ढा ने कुछ ऐसी अफ़रा-तफ़री मचा दिया था कि मुख़ालिफ़ कूवतों को समझने-सोचने का बहुत कम मौक़ा मिलता था। उसने मेरा बाज़ू पकड़ा और बाहर ले गया और मेरी बीवी सोचती ही रह गई। तांगे में सवार होकर चड्ढा ने अब कुछ सोचने के अंदाज़ में कहा: "ये तो हो गया- अब क्या प्रोग्राम है।" फिर खिलखिला कर हंसा: "मम्मी-ग्रेट मम्मी।"

मैं उससे पूछने ही वाला था ये मम्मी कौन है... कि चड्ढा ने बातों का कुछ ऐसा सिलसिला शुरू कर दिया कि मेरा इस्तफ़सार 'ग़ैर तबई' मौत मर गया।

तांगा वापस उस डाक बंगला नुमा कोठी पर पहुंचा जिसका नाम सईदा काटेज था, इसलिए की उसमें रहने वाले सबके सब कबीदा ख़ातिर रहते हैं। हालांकि यह ग़लत था जैसा कि मुझे बाद में मालूम हुआ।

इस काटेज में काफ़ी आदमी रहते थे। हालांकि बादिउन नज़र में यह जगह बिलकुल ग़ैर आबाद मालूम होती थी। सब के सब उसी फिल्म कम्पनी में मुलाज़िम थे जो महीने की तंख़्वाह हर तिमाही के बाद देती थी, और वो भी कई क़िस्तों में। एक-एक कर के जब उसके साकिनों से मेरा परिचय हुआ तो पता चला कि सब असिस्टेंट डायरेक्टर थे। कोई चीफ़ असिस्टेंट डायरेक्टर कोई उसका नाइब दर नाइब। हर दूसरा, किसी पहले का असिस्टेंट था और अपनी ज़ाती फिल्म कम्पनी की बुनियादें ठीक करने के लिए सरमाया फ़राहम कर रहा था। पोशिश और वज़ा-कता के ऐतबार से हरेक हीरो मालूम होता था। कंट्रोल का ज़माना था। मगर किसी के पास राशनकार्ड नहीं था। वो चीज़ें जो थोड़ी-सी तकलीफ़ के बाद आसानी से कम क़ीमत पर मिल सकती थीं, ये लोग ब्लैक मार्केट से ख़रीदते थे। पिक्चर्ज ज़रूर देखते थे। रेस का मौसम हो तो रेस खेलते थे वर्ना सट्टा। जीतते शायद ही थे, मगर हारते हर रोज़ थे।

सईदा कॉटेज की आबादी बहुत गनजान थी। चूंकि जगह कम थी इसलिए मोटर गैराज भी रिहाइश के लिए इस्तेमाल होता था। उसमें एक

फैमिली रहती थी। शीरीं नाम की एक औरत थी जिसका ख़ाविन्द शायद, महज़ यकसानियत तोड़ने के लिए असिस्टेंट डायरेक्टर नहीं था। वो इसी फिल्म कम्पनी में मुलाज़िम था मगर मोटर ड्राइवर था। मालूम नहीं वो कब आता था और कब जाता था क्योंकि मैने उस शरीफ़ आदमी को वहां कभी नहीं देखा। शीरीं के बतन से एक छोटा-सा लड़का था जिसको सईदा काटेज के तमाम साकिन फुर्सत के वक़्त में प्यार करते। शीरीं जो क़बूल सूरत थी, अपना बेश्तर वक़्त गैराज के अन्दर गुज़ारती थी।

कॉटेज का एक हिस्सा चड्ढा और उसके दो साथियों के पास था। ये दोनों भी एक्टर थे मगर हीरो नहीं थे। एक सईद था जिसका फिल्मी नाम रंजीत कुमार था– चड्ढा कहा करता था: "सईदा कॉटेज उसी 'ख़र' ज़ात के नाम की रिआयत से मशहूर है वर्ना उसका नाम 'कबीदा' काटेज ही था।" ख़ुश शक्ल था और बहुत कम गो। चड्ढा कभी-कभी उसे कछुआ कहा करता था, इसलिए कि वो हर काम बहुत आहिस्ता-आहिस्ता करता था।

दूसरे एक्टर का नाम मालूम नहीं क्या था मगर सब उसे ग़रीब नवाज़ कहते थे। हैदराबाद के एक ऊंचे घराने से ताल्लुक़ रखता था। एक्टिंग के शौक़ में यहां चला आया था। तंख़्वाह ढाई सौ रूपये माहवार मुक़र्रर थी। एक बरस हो गया था मुलाज़िम हुए मगर इस दौरान में उसने सिर्फ एक दफ़ा ढाई सौ रुपये एडवांस लिए थे, वो भी चड्ढा के लिए कि उस पर एक बड़े ख़ूनख़्वार पठान के क़र्ज़ की अदायगी लाज़िम हो गई थी। अदब लतीफ़ क़िस्म की इबारत में फिल्मी कहानियां लिखना उसका शग़ल था। कभी-कभी शेर भी मौज़ूं कर लेता था। कॉटेज का हर शख़्स उसका मक़रूज़ था।

शकील और अक़ील दो भाई थे। दोनों किसी असिस्टेंट डायरेक्टर के असिस्टेंट थे और वो ज़रबुलमिस्ल जैसे कामों में व्यस्त रहते थे।

जो असिस्टेंट क़िस्म के लोग थे, वो शीरीं का हाथ बटाया करते थे। कभी बाज़ार से सौदा-सल्फ़ ला दिया, कभी लांडरी में उसके कपड़े धुलने दे आये और कभी उसके रोते बच्चे को बहला दिया।

उनमें से कबीदा ख़ातिर कोई भी न था सब के सब मसरूर थे। शायद अपनी कबीदगी पर वो अपने हालात की ना मुसाइदत का ज़िक्र भी करते थे तो बड़े शादां-व-फरहां अंदाज़ में। इसमें कोई शक नहीं कि उनकी ज़िन्दगी बहुत दिलचस्प थी।

हम कॉटेज के गेट में दाख़िल होने वाले थे कि ग़रीब नवाज़ साहब बाहर आ रहे थे। चड्ढा ने उनकी तरफ़ ग़ौर से देखा और अपनी जेब में हाथ डाल कर नोट निकाले। बिना गिने उसने कुछ ग़रीब नवाज़ को दिए और कहा: "चार बोतलें स्कॉच की चाहिए। कमी आप पूरी कर दीजिएगा। बेशी हो तो वो मुझे वापस मिल जाये।"

ग़रीब नवाज़ के हैदराबादी होंठों पर गहरी सांवली मुस्कुराहट नमूदार हुई। चड्ढा खिलखिलाकर हंसा और मेरी तरफ देख कर उसने ग़रीब नवाज़ से कहा: "ये मिस्टर वन-टू हैं... लेकिन उनसे मुफ़स्सिल मुलाक़ात की इजाज़त इस वक्त नहीं मिल सकती। ये रम पिये हैं। शाम को स्कॉच आ जाये तो... लेकिन आप जाइये।"

ग़रीब नवाज़ चला गया। हम अन्दर दाख़िल हुए। चड्ढा ने एक ज़ोर की जमाई ली और रम की बोतल उठाई जो निस्फ़ से ज़्यादा ख़ाली थी। उसने रौशनी में मिक़दार का सरसरी अंदाज़ा किया और नौकर को आवाज़ दी: "क़ज़ाकिस्तान के शहज़ादे" जब वो नमूदार न हुआ तो उसने अपने गिलास में एक बड़ा पैग डालते हुए कहा: "ज़्यादा पी गया कमबख़्त।"

ये गिलास ख़त्म कर के वो कुछ फ़िकरमंद हो गया। यार भाभी को तुम खाहमख़्वाह यहां लाये– खुदा की क़सम मुझे अपने सीने पर एक बोझ-सा महसूस हो रहा है।" फिर उसने खुद ही अपने को सांत्वना दी। "लेकिन मेरा ख़्याल है कि बोर नहीं होंगी वहां।"

मैं ने कहा: "हां वहां रह कर वो मेरे क़त्ल का फौरी इरादा नहीं कर सकती" और मैने अपने गिलास में रम डाली जिसका ज़ायका बुसे हुए गुड़ की तरह था।

जिस कबाड़खाने में हम बैठे थे, उसमें सलाखों वाली दो खिड़कियां थीं जिन से बाहर का ग़ैर आबाद हिस्सा नज़र आता था। इधर से किसी ने बाआवाज़े बुलंद चड्ढा का नाम पुकारा। मैं चौंक पड़ा। देखा कि म्युज़िक डायरेक्टर वन कतरे है। कुछ समझ में नहीं आता था कि वो किस नस्ल का है। मंगोली है, हब्शी है आर्या है या क्या बला है। कभी-कभी उसके किसी ख़दोख़ाल को देखकर आदमी किसी नतीजे पर पहुंचने ही वाला होता था कि उसके तक़ाबल में कोई ऐसा नक्शा नज़र आ जाता कि फौरन ही नए सिरे से ग़ौर करना पड़ जाता था। वैसे वो मराठा था मगर शीवाजी की तीखी नाक के बजाये उसके चेहरे पर बड़े हैरतनाक तरीक़े पर मुड़ी हुई चिपटी नाक थी जो उसके ख़्याल के मुताबिक़ उन सुरों के लिए बहुत ज़रूरी थी

जिनका ताल्लुक़ बराहे-रास्त नाक से होता है। उसने मुझे देखा तो चिल्लाया: "मंटो-मंटो सेठ!"

चड्ढा ने उससे ज़्यादा ऊंची आवाज़ में कहा: "सेठ की ऐसी की तैसी... चल, अन्दर आ।" वो फौरन अन्दर आ गया। अपनी जेब से उसने हंसते हुए एक रम की बोतल निकाली और तिपाई पर रख दी। "मैं साला उधर मम्मी के पास गया। वो बोला। तुम्हारा फ्रेंड आएला... मैं बोला साला ये प्रेंड कौन होने को सकता है.. साला मालूम न था, साला मंटो है।"

चड्ढा ने वन कतरे के कद्दू ऐसे सर पर एक धोल जमाई। "अब चुप कर साले के... तू रम ले आया... बस ठीक है। वन कतरे ने अपना सर सहलाया और मेरा ख़ाली गिलास उठा कर अपने लिए पैग तैयार किया। "मंटो... ये साला आज मिलते ही कहने लगा। आज पीने को जी चाहता है. .. मैं एकदम कड़का... सोचा क्या करूं।"

चड्ढा ने एक और धप्पा उसके सर पर जमाया: "बैठ बे जैसे तूने कुछ सोचा ही होगा।"

"सोचा नहीं तो साला ये इतनी बड़ी बाटली कहां से आया- तेरे बाप ने दिया मुझको।" वन कतरे ने एक ही जुर्रे में रम ख़त्म कर दी। चड्ढा ने उसकी बात सुनी अनसुनी कर दी और उससे पूछ: "तू ये तो बता कि मम्मी क्या बोली? बोली थी? मोज़ैल कब आएगी? अरे हां... वो प्लेटीनम ब्लोंड।"

वन कतरे ने जवाब में कुछ कहना चाहा मगर चड्ढा ने मेरा बाज़ू पकड़ कर कहना शुरू कर दिया। "मंटो- खुदा की क़सम क्या चीज़ है- सुना करते थे कि एक चीज़ प्लेटीनम ब्लोंड भी होती है। मगर देखने का इत्तेफाक़ कल हुआ- बाल हैं जैसे चांदी के महीन-महीन तार-ग्रेट-खुदा की क़सम मंटो बहुत ग्रेट... मम्मी ज़िन्दाबाद!" फिर उसने क़हर आलूद निगाहों से वन कतरे की तरफ़ देखा और कड़ककर कहा। वन कतरे के बच्चे- नारा क्यों नहीं लगाता- मम्मी ज़िन्दाबाद!"

चड्ढा और वन कतरे दोनों ने मिल कर "मम्मी ज़िन्दाबाद" के कई नारे लगाये इसके बाद वन कतरे ने चड्ढा के सवालों का फिर जवाब देना चाहा मगर उसने उसे ख़ामोश कर दिया।

"छोड़ो यार- मैं जज़्बाती हो गया हूं- इस वक़्त ये सोच रहा हूं कि आम तौर पर माशूक़ के बाल स्याह होते हैं। जिन्हें काली घटा से तश्बीह दी जाती रही है- मगर यहां कुछ और ही सिलसिला हो गया है-" फिर

वो मुझसे मुख़ातिब हुआ। ''मंटो– बड़ी गड़बड़ हो गई है। उसके बाल चांदी के तारों जैसे हैं– चांदी का रंग भी नहीं कहा जा सकता– मालूम नहीं प्लेटीनम का रंग कैसा होता है। क्योंकि मैने अभी तक ये घात नहीं देखी– कुछ अजीब ही सा रंग है– फौलाद और चांदी दोनों को मिला दिया जाये। वन कतरे ने दूसरा पैग ख़त्म किया। और उसमें थोड़ी-सी थ्री एक्स रम मिक्स कर दी। चड्ढा ने भिन्ना कर उसको एक फरबा अंदाम गाली दी– ''बकवास न कर'' फिर उसने बड़ी रहम अंगेज़ नज़रों से मेरी तरफ देखा। ''यार– मैं वाक़ई ज़ज्बाती हो गया हूं– हां– वो रंग– ख़ुदा क़सम ला जवाब रंग है– वो तुमने देखा है– वो जो मछलियों के पेट में होता है– नहीं नहीं हर जगह होता है– पोमगरेट मछली– उसके वो क्या होते हैं?– नहीं नहीं– सांपों के– वो नन्हे-नन्हे खपरे– हां खपरे– बस उनका रंग– खपरे– ये लफ़्ज़ मुझे एक हिन्दुस्तोड़े ने बताया था– इतनी ख़ूबसूरत चीज़ और इतना वाहियात नाम– पंजाबी में हम उन्हें चाने कहते हैं। इस लफ़्ज़ में चनचनाहट है... वही... बिल्कुल वही जो उसके बालों में है... लटें नन्हीं-नन्हीं संपोलियां मालूम होती हैं जो लोट लगा रही हों...'' वो एकदम उठा ''संपोलियों की ऐसी-वैसी मैं जज़्बाती हो गया हूं।''

बन कतरे ने बड़े भोले अंदाज़ में पूछा: ''वो क्या होता है?''

चड्ढा ने जवाब दिया: संटी मेंटल... लेकिन तू किया समझेगा, बालाजी बाजी राव और नाना फरनवीस की औलाद...''

वन कतरे ने अपने लिए एक और पैग बनाया और मुझसे मुख़ातिब होकर कहा: ''ये साला चड्ढा समझता है, मैं इंग्लिश नहीं समझता हूं। मौकुलेट हूं... साला मेरा बाप मुझसे बहुत मुहब्बत करता था... उसने...''

चड्ढा ने चिड़कर कहा: ''उसने तुझे तानसेन बना दिया... तेरी नाक मरोड़ दी कि निकोड़े सुर आसानी से तेरे अन्दर से निकल सकें... बचपन ही में उसने तुझे धरपद गाना सिखा दिया। और दूध पीने के लिए तू मियां की टोड़ी में रोया करता था। और पेशाब करते वक़्त अड़ाना में... और तूने पहली बात पट दीपकी में की थी। और तेरा बाप... जगत उस्ताद था। बैजू-बावरे के भी कान काटता था... और तू आज उसके कान काटता है। इसीलिए तेरा नाम वन-कतरे है।'' इतना कहकर वो मुझसे मुख़ातिब हुआ: ''मंटो... ये साला जब भी पीता है अपने बाप की तारीफ़ें शुरू कर देता है. .. वो उससे मुहब्बत करता था तो मुझ पर उसने क्या एहसान किया। और उसने उसे मैटरीकुलेट बना दिया तो इसका यह मतलब नहीं कि मैं अपनी

बी.ए. की डिग्री फाड़ कर फेंक दूं।''

वनकतरे ने इस बौछाड़ की मुदाफ़िअत करनी चाही मगर चड्ढा ने उसको वहीं दबा दिया: ''चुप रह... मैं कह चुका हूं संटीमेटल हो गया हूं. .. हां, वो रंग... पोमफरेट मछली नहीं...नहीं सांप के नन्हे-नन्हे खपरे... बस उन्हीं की रंग... मम्मी ने खुदा मालूम अपनी बीन पर कौन-सा राग बजाकर उस नागिन को बाहर निकाला।''

वन कतरे सोचने लगा: ''पेटी मंगाओ, मैं बजाता हूं।''

चड्ढा खिलखिला कर हंसने लगा: ''बैठ बे मैटरीकुलेट के चॉकोलेट..'' उसने रम की बोतल में से रम के बाक़ियात अपने गिलास में उंडेल और मुझसे कहा: ''मंटो, अगर ये प्लेटीनम ब्लोंड न पटी तो मिस्टर चड्ढा हिमालय पहाड़ की किसी ऊंची चोटी पर धोनी रमा कर बैठ जायेगा... और उसने गिलास ख़ाली कर दिया।

वन कतरे ने अपनी लाई हुई बोतल खोलनी शुरू की।: मंटो, मल्गी एकदम चांगली है...''

मैने कहा: ''देख लेंगे।''

आज ही.. आज रात मैं पार्टी दे रहा हूं। यह बहुत ही अच्छा हुआ कि तुम आ गये और श्री एक सौ आठ मेहताजी तुम्हारी वजह से एडवांस दे दिया वर्ना बड़ी मुश्किल हो जाती... आज रात की... आज रात की...'' चड्ढा ने बड़े भोंडे सुरों में गाना शुरू कर दिया।

''आज की रात साज़े-दर्द न छेड़।''

वनकतरे बेचारा उसकी इस ज़्यादती पर सदाए एहतजाज बुलंद करने ही वाला था कि ग़रीब नवाज़ और रंजीत कुमार आ गये।

दोनों के पास स्कॉच की दो-दो बोतलें थीं। ये उन्होंने मेज़ पर रखीं। रंजीत कुमार से मेरे अच्छे ख़ासे मरासिम थे मगर बेतकल्लुफ़ नहीं, इसलिए हम दोनों ने थोड़ी-सी आप कब आये, आज ही आया, ऐसी रस्मी गुफ़्तुगू की और ग्लास टकरा कर पीने में मशगूल हो गये।

चड्ढा वाक़ई बहुत जज़्बाती हो गया था। हर बात में उस प्लेटीनम ब्लोंड का ज़िक्र ले कर आता था। रंजीत कुमार दूसरी बोतल का चौथाई हिस्सा चढ़ा गया था। ग़रीब नवाज़ ने स्कॉच के तीन पैग पिये थे। नशे के मामले में उन सब की सतह अब एक ऐसी थी। मैं चूंकि ज़्यादा पीने का आदी हूं इसलिए मेरे जज़्बात मोतदिल थे। मैने उनकी गुफ्तुगू से अंदाज़ा लगाया कि वो चारों उस नई लड़की पर बहुत बुरी तरह फ़रेफ़्ता थे। जो

मम्मी ने कहीं से पैदा की थी। उस नायाब दाने का नाम फीलस था। पूणा में कोई हेयर ड्रेसिंग सैलून था जहां वो मुलाज़िम थी। उसके साथ आम तौर पर एक हिजड़ानुमा लड़का रहता था। लड़की की उम्र चौदह-पन्द्रह बरस के क़रीब थी। ग़रीब नवाज़ तो यहां तक उस पर गर्म था कि वो हैदराबाद में अपने हिस्से की जायदाद बेच कर भी इसे दाव पर लगाने के लिए तैयार था। चड्ढा के पास तुरूप का सिर्फ एक पत्ता था, अपना क़बूल सूरत होना, वन कतरे का 'बजुअम' ख़ुद ये ख़्याल था कि उसकी बेटी सुन कर वो परी ज़रूरी शीशे में उतर आयेगी। और रंजीत कुमार जारिहाना क़दम ही को कारगर समझता था... लेकिन सब आख़िर में यही सोचते थे कि देखिये मम्मी किस पर मेहरबान होती है। इस से मालूम होता था कि उस प्लेटीनम ब्लोंड फीलस को वो औरत जिसे मैने चड्ढा के साथ तांगे में देखा था, किसी के भी हवाले कर सकती थी।

फीलस की बातें करते-करते चड्ढा ने अचानक अपनी घड़ी देखी और मुझ से कहा: "जहन्नम में जाये ये लौंडिया... चलो यार... भाभी वहां कबाब हो रही होगी... लेकिन मुसीबत यह है कि मैं कहीं वहां भी सेंटी मेटल न हो जाऊं... ख़ैर... तुम मुझे संभाल लेना।" अपने गिलास के चन्द आख़िरी क़तरे हलक़ में टपका कर उसने नौकर को आवाज़ दी: "ममियों के मुल्क मिस्र के शहज़ादे।"

ममियों के मुल्क मिस्र का शहज़ादा आंखें मलता हुआ नमूदार हुआ जैसे किसी ने उसको सदियों के बाद खोद-खाद कर बाहर निकाला है। चड्ढा ने उसके चेहरे पर रम के छींटे मारे और कहा: "दो अदद तांगे लाओ... जो मिस्री रथ मालूम हों।"

तांगे आ गये। हम सब उन पर लदकर प्रभात नगर रवाना हुए... मेरा पुराना फिल्मों का साथी हरीश घर पर मौजूद था। इस दूर-दराज़ पर भी उसने मेरी बीबी की ख़ातिर-मदारात में कोई कमी नहीं की थी। चड्ढा ने आंख के इशारे से उसको सारा मामला समझा दिया था। चुनांचि ये बहुत कारामद साबित हुआ। मेरी बीवी ने ग़ैज़ौ-ग़ज़ब का इज़्हार न किया उसका वक़्त वहां कुछ अच्छा ही कटा था। हरीश ने जो औरतों की नफ़सियात का माहिर था, बड़ी पुर लुत्फ़ बातें की और आख़िर में मेरी बीवी से दरख़्वास्त की कि वो उसकी शूटिंग देखने चले जो उस रोज़ होने वाली थी। मेरी बीवी ने पूछा: "कोई गाना फिल्मा रहे हैं आप?"

हरीश ने जवाब दिया: "जी नहीं...वो कल का प्रोग्राम है... मेरा ख़्याल

है आप कल चलियेगा।''

हरीश की बीवी शूटिंग देख-देख कर और दिखा-दिखा कर आजिज़ आई हुई थी, उसने फौरन ही मेरी बीवी से कहा: ''हां कल ठीक रहेगा.. आज तो इन्हें सफ़र की थकन भी है।''

हम सब ने इत्मीनान का सांस लिया। हरीश ने कुछ देर तक पुरलुत्फ़ बातें कीं। आख़िर में मुझ से कहा: ''चलो यार– तुम चलो मेरे साथ।'' और मेरे तीन साथियों की तरफ़ देखा: ''इन को छोड़ो... सेठ साहब तुम्हारी कहानी सुनना चाहते हैं।''

मैंने अपनी बीवी की तरफ़ देखा और हरीश से कहा: ''इन से इजाज़त ले लो।''

मेरी सादा-लौह बीवी जाल में फंस चुकी थी। उसने हरीश से कहा: मैंने बम्बई से चलते वक़्त इन से कहा भी था अपना डाक्यूमेंट केस साथ ले चलिए, पर इन्होंने कहा कि कोई ज़रूरत नहीं... अब ये कहानी क्या सुनाएंगे।''

हरीश ने कहा: ''जबानी सुना देगा।'' फिर उसने मेरी तरफ़ यों देखा जैसे कह रहा हो कि हां कहो जल्दी।

मैंने इत्मीनान से कहा: ''हां, ऐसा हो सकता है।''

चड्ढा ने इस ड्रामे में तकमीली टच दिया: ''तो भई हम चलते हैं।'' और वो तीनों उठ कर नमस्ते कर के चले गये। थोड़ी देर के बाद मैं और हरीश निकले– प्रभात नगर के बाहर तांगे खड़े थे। चड्ढा ने हमें देखा तो ज़ोर का नारा बुलंद किया: ''राजा हरीश चन्द्र, ज़िन्दाबाद...''

हरीश के सिवा हम सब मम्मी के घर रवाना हो गए। उसको अपनी एक सहेली से मिलने जाना था।

ये भी एक कॉटेज थी। शक्लो-सूरत और साख़्त के ऐतबार से सईदा कॉटेज जैसी मगर बहुत साफ़ सुथरी जिससे मम्मी के सलीक़े और क़रीने का पता चलता था। फर्नीचर मामूली था मगर जो चीज़ जहां थी सजी हुई थी। प्रभात नगर से चलते वक़्त मैं ने सोचा था कोई क़हबाख़ाना होगा, मगर उस घर की किसी चीज़ से ऐसा शक नहीं होता था। वो वैसा ही शरीफ़ाना था जैसा कि एक औसत दर्जे के ईसाई का होता है, लेकिन मम्मी की उम्र के मुक़ाबले में वो जवान-जवान दिखाई देता था। इस पर वो मेकअप नहीं था जो मैंने मम्मी के झुर्रियों वाले चेहरे पर देखा था। जब मम्मी ड्राइंगरूम में आई तो मैंने सोचा कि आसपास की जितनी भी चीज़ें हैं, वो आज की

नहीं, बहुत बरसों की हैं। सिर्फ़ मम्मी आगे निकल कर बूढ़ी हो गई हैं। और वो वैसी की वैसी पड़ी रही हैं– उनकी उम्र जो थी वो वहीं की वहीं रही हैं... लेकिन जब मैंने उसके गहरे और शोख़ मेकअप की तरफ़ देखा तो मेरे दिल में न जाने क्यों ये ख़्वाहिश पैदा हुई कि वो भी अपने आसपास के माहौल की तरह संजीदा तौर पर जवान बन जाये।

चड्ढा ने उससे मेरा परिचय कराया जो बहुत संक्षिप्त था और संक्षेप में ही उसने मम्मी के बारे में मुझ से पूछा: ये मम्मी है... दी ग्रेट मम्मी...''

मम्मी अपनी तारीफ़ सुन कर मुस्कुरा दी। और मेरी तरफ़ देख कर उसने चड्ढा से अंग्रेज़ी में कहा: ''तुमने चाय मंगवाई थी। बड़ी अफ़रा-तफ़री में– मालूम नहीं उन्हें पसंद भी आई होगी या नहीं।'' फिर वो मुझ से मुख़ातिब हुई: ''मिस्टर मंटो, मैं बहुत शर्मिन्दा हूं... असल में सारा क़सूर तुम्हारे दोस्त चड्ढा का है– जो मेरा नासमझ लड़का है।''

मैंने उचित शब्दों में चाय की तारीफ़ की और इसका शुक्रिया अदा किया। मम्मी ने फ़िज़ूल की तारीफ़ से मना किया और चड्ढा से कहा:

''रात का खाना तैयार है... ये मैंने इसलिए किया कि तुम ऐन वक़्त मेरे सर पर सवार हो जाओगे...

चड्ढा ने मम्मी को गले से लगा लिया: ''यू आर ए जेवल मम्मी... ये खाना अब हम खायेंगे।''

मम्मी ने चौंक कर पूछा: ''क्या?... नहीं, हर्गिज़ नहीं।''

चड्ढा ने उसे बताया: ''मिसेज मंटो को हम प्रभात नगर छोड़ आए हैं।''

मम्मी चिल्लाई: ''खुदा तुम्हें ग़ारत करे– ये तुमने क्या किया–''

चड्ढा खिलखिलाया। ''आज पार्टी जो दी जाने वाली थी।''

''वो तो मैंने मिसेज़ मंटो को देखते ही अपने दिल में कैंसिल कर दी थी।'' मम्मी ने अपना सिगरेट सुलगाया।

चड्ढा का दिल डूब गया: ''ख़ुदा अब तुम्हें ग़ारत करे... और ये सब प्लेन हमने सिर्फ़ उस पार्टी के लिए बनाया था।'' वो कुर्सी पर यास ज़दा होकर बैठ गया आग्र कमरे के हर ज़र्रे से मुख़ातिब होकर कहने लगा: ''लो सारे ख़्वाब मलियामेट हो गये... प्लेटीनम ब्लोंड... औंधे सांप के नन्हे-नन्हे खपरों जेसे रंग वाले बाल...'' एकदम उसने उठ कर मम्मी को बाजुओं से पकड़ लिया। ''कैंसिल की थी– अपने दिल में कैंसिल की थी न... लो उस पर 'साद' बना देता हूं।'' और उसने मम्मी के दिल के मुक़ाम पर उंगली

से बहुत बड़ा 'साद' बना दिया और तेज़ आवाज़ से पुकाराः "हुर्रे!"

मम्मी ने और लोगों को पार्टी कैंसिल की सूचना दे दी थी, लेकिन मैंने महसूस किया कि वो चड्ढा को दिलगीर करना नहीं चाहती थीं; चुनांचि उसने बड़ी शफ़क़त से उसके गाल थपथपाए और कहाः "तुम फ़िक्र न करो... मैं अभी इंतेज़ाम करती हूं।"

वो इंतेज़ाम करने बाहर चली गई। चड्ढा ने खुशी का एक और नारा बुलंद किया और वन करते से कहाः "जनरल वन कतरे– जाओ हेड क्वार्टर से सारी बोतलें ले आओ।"

वन कतरे ने सैल्युट किया और हुक्म की तामील के लिए चला गया। सईदा कॉटेज बिल्कुल पास थी, दस मिनट के अन्दर-अन्दर वो बोतलें लेकर वापस आ गया। साथ उसके चड्ढा का नौकर था। चड्ढा ने उसको देखा तो उसका इस्तक़बाल कियाः "आओ, आओ– मेरे कोहे काफ़ के शहज़ादे... वो– वो सांप के खपरों जैसे रंग के बालों वाली लौंडिया आ रही है... तुम भी किस्मत आज़माई कर लेना।"

रंजीत कुमार और ग़रीब नवाज़, दोनों को चड्ढा की ये "सलाए आम है यार उन नुक़्तादां के लिए" वाली बात बहुत नागवार मालूम हुई। दोनों ने मुझ से कहा कि ये चड्ढा की बहुत बेहूदगी है। इस बेहूदगी को उन्होंने बहुत महसूस किया था चड्ढा अपनी आदत अनुसार अपनी हांकता रहा, और वो ख़ामोश एक कोने में बैठे आहिस्ता-आहिस्ता रम पीकर एक दूसरे से अपने दुख का इज़हार करते रहे।

मैं मम्मी के बारे में सोचता रहा। ड्राइंग रूम में ग़रीब नवाज़, रंजीत कुमार, और चड्ढा बैठे थे। ऐसा लगता था कि ये छोटे-छोटे बच्चे हैं। उनकी मां बाहर खिलौना लेने गई है। ये सब प्रतिक्षा में हैं। चड्ढा संतुष्ट है कि सब से बढ़िया और अच्छा खिलौना उसे मिलेगा, इसलिए कि वो अपनी मां का चहेता है। बाक़ी दो का ग़म चूंकि एक जैसा था, इसलिए वो एक दूसरे के दोस्त बन गये... शराब इस माहौल में दूध मालूम होती थी और वो प्लेटीनम ब्लोंड... इसकी कल्पना एक छोटी-सी गुड़िया की तरह दिमाग़ में आता था– हर फ़िज़ा, हर माहौल की अपनी मूसीकी होती है... "इस वक़्त जो मूसीक़ी मेरे दिल के कानों तक पहुंच रही थी, उसमें कोई सुर उत्तेजनापूर्ण नहीं थी। प्रत्येक वस्तु, मां और उसके बच्चे और उनके आपसी रिश्ते की तरह यक़ीनी थी।

मैंने जब उसको तांगे में चड्ढा को साथ देखा था तो मेरी जमालयाती

हिस को सदमा पहुंचा था। मुझे अफ़सोस हुआ कि मेरे दिल में उन दोनों के मुतअल्लिक़ वाहियात ख़्याल पैदा हुए। लेकिन यह चीज़ मुझे बार-बार सता रही थी कि वो इतना शोख़ मेकअप क्यों करती है जो उसकी झुर्रियों की तौहीन है। उस ममता का उपहास है जो उसके दिल में चड्ढा, ग़रीब नवाज़ और वनकरते के लिए मौजूद है... और खुदा मालूम और किस-किस के लिए बातों-बातों में चड्ढा से मैंने पूछाः "यार, ये तो बताओ तुम्हारी मम्मी इतना शोख़ मेकअप क्यों करती हैं।"

इसलिए कि दुनिया हर शोख़ चीज़ को पसंद करती है... तुम्हारे और मेरे जैसे उल्लू इस दुनिया में बहुत कम बसते हैं जो मद्धिम सुर और मद्धिम रंग पसंद करते हैं, जो जवानी को बचपन के रूप में नहीं देखना चाहते। और... और जो बुढ़ापे पर जवानी का लेप पसंद नहीं करते... हम जो खुद को आर्टिस्ट कहते हैं, उल्लू के पट्ठे हैं... मैं तुम्हें एक दिलचस्प वाक़िया सुनाता हूं... बैसाखी का मेला था... तुम्हारे अमृतसर में... राम बाग़ के उस बाज़ार में जहां टिखयाइयां रहती हैं... जाट गुज़र रहे थे... एक सेहतमंद जवान ने... ख़ालिस दूध और मक्खन पर पले हुए जवान ने जिसकी नई जूती की लाठी पर बाज़ीगरी कर रही थी। ऊपर एक कोठे की तरफ़ देखा और निहायत वाहियात रंगों में लिपी-पुती एक स्याह फाम टिखयाई की तरफ़ देखा जिसकी तेल में चिपकी हुई बबड़ियां, उसके माथे पर बड़े बदनुमा तरीक़े पर जमी हुई थीं और अपने साथी की पसलियों में टहोका देकर कहा... ओए लहना सियां... वेख ओए, अपर वेख... इसी ते पंडोच मुझा ई..." आख़री लफ़्ज़ वो खुदा मालूम क्या गोलकर गया, हालांकि वो शाइस्तगी का बिल्कुल कायल नहीं था। खिलखिला कर हंसने लगा और मेरे गिलास में रम डालकर बोलाः "उस जाट के लिए वो चुड़ैल ही उस वक़्त कोह क़ाफ़ की परी थी... और उसके गांव की हसीनो-जमील भटियारें, बेढोल भैंसें... हम सब चुग़द हैं... दर्मियाने दर्जे के... इसलिए कि इस दुनिया में कोई चीज़ अव्वल दर्जे की नहीं... तीसरे दर्जे की है या दर्मियाने दर्जे की. .. लेकिन... लेकिन फीलस... ख़ासुलख़ास दर्जे की चीज़ है... वो सांप के खपरों..."

बन कतरे ने अपना गिलास उठा कर चड्ढा के सर पर उंडेल दियाः "खपरे... खपरे... तुम्हारा मस्तक फिर गया है।"

चड्ढा ने माथे पर से रम के टपकते हुए क़तरे ज़बान से चाटने शुरू कर दिए और वनकतरे से कहाः "ले अब सुन... तेरा बाप साला तुझ से

कितनी मुहब्बत करता था... मेरा दिमाग़ अब काफ़ी ठण्डा हो गया है।"

वनकतरे बहुत संजीदा होकर मुझसे मुख़ातिब हुआ: "बाई गॉड... वो मुझ से बहुत मुहब्बत करता था... मैं फिफ़्टीन एयर्ज़ का था कि उसने मेरी शादी बना दी।"

चड्ढा ज़ोर से हंसा: तुम्हें कार्टून बना दिया उस साले ने... भगवान उसे स्वर्ग में कसेरियल की पेटी दे कि वहां भी उसे बजा-बजाकर तुम्हारी शादी के लिए कोई ख़ूबसूरत हूर ढूंढता रहे।"

वनकतरे और भी संजीदा हो गया: "मंटो... मैं झूठ नहीं कहता... मेरी वाइफ एकदम ब्यूटीफुल है... हमारी फैमली में..."

"तुम्हारी फैमली की ऐसी की तैसी... फीलस की बात करो... उससे ज़्यादा कोई ख़ूबसूरत नहीं हो सकता" चड्ढा ने ग़रीब नवाज़ और रंजीत कुमार की तरफ देखा जो कोने में बैठे फीलस के हुस्न से तुमअल्लिक़ अपनी-अपनी राय का इज़हार एक दूसरे से करने वाले थे।

"गन पावडर पलोट के बानियो... सुन लो तुम्हारी कोई साज़िश कामयाब नहीं होगी- मैदान चड्ढा के हाथ रहेगा... क्यों, वेल्ज़ के शहज़ादे?"

वेल्ज़ का शहज़ादा रम की ख़ाली होती हुई बोतल की तरफ हसरत भरी नज़रों से देख रहा था। चड्ढा ने क़हक़हा लगाया और उसको आधा गिलास भर के दे दिया।

ग़रीब नवाज़ और रंजीत कुमार एक दूसरे से फीलस के बारे में घुलमिल कर बातें तो करते रहे थे मगर अपने दिमाग़ में वो उसे हासिल करने की विभिन्न स्कीमें अलग तौर पर बना रहे थे। ये उनके तर्ज़ गुफ़्तुगू से साफ़ ज़ाहिर था।

ड्राइंग रूम में अब बिजली के बल्ब रौशन थे। क्योंकि शाम गहरी हो चली थी। चड्ढा मुझसे बम्बई का फिल्म इंडस्टरी के ताज़ा हालात सुन रहा था कि बाहर बरामदे में मम्मी की तेज़-तेज़ आवाज़ सुनाई दी। चड्ढा ने नारा बुलन्द किया और बाहर चला गया। ग़रीब नवाज़ ने रंजीत कुमार की तरफ़ और रंजीत कुमार ने ग़रीब नवाज़ की तरफ़ मानीख़ेज़ नज़रों से देखा। फिर दोनों दरवाज़े की जानिब देखने लगे।

मम्मी चहकती हुई अन्दर दाख़िल हुई। उसके साथ चार-पांच एंग्लो इंडियन लड़कियां थीं। मुख़्तलिफ़ क़दो-क़ामत और ख़तूतो-अल्वान की। पोली, डोली, किट्टी एलमा और थेलमा... और वो हीजड़ा नुमा लड़का...

उसको चड्ढा सस्सी कहकर पुकारता था। फीलस सब से आख़िर में नमूदार हुई और वो भी चड्ढा के साथ। उसका एक बाज़ू उस प्लेटीनम बलोंड की पतली कमर में हमाइल था। मैंने ग़रीब नवाज़ और रंजीत कुमार का रद्‌देअमल नोट किया। उनको चड्ढा की नुमाइशी फतहमंदाना हरकत पसंद नहीं आई थी।

लड़कियों के नाज़िल होते ही एक शोर बरपा हो गया। एकदम इतनी अंगरेज़ी बरसी कि वनकतरे मैटरीकुलेशन इम्तेहान में कई बार फेल हुआ। मगर उसने कोई परवा न की और बराबर बोलता रहा। जब उससे किसी ने अल्तफ़ात न बरता तो वो एल्मा की बड़ी बहन थेलमा के साथ एक सोफ़े पर अलग बैठ गया और पूछने लगा कि उसने हिन्दुस्तानी डांस के और कितने नए तोड़े सीखे हैं। वो इधर धानी नाकत और ता थई-थई की वन, टू, थ्री बना-बनाकर उसको तोड़े बता रहा था, इधर चड्ढा बाकी लड़कियों की झुरमट में अंग्रेज़ी के नंगे-नंगे लमर्क सुना रहा था। वो उसको हज़ारों की तादाद में ज़बानी याद थे– मम्मी सोडे की बोतलें और गज़क का सामान मंगवा रही थी। रंजीत कुमार सिगरेट के कश लगाकर टिकटिका बांधे फ़ीलस की तरफ़ देख रहा था और ग़रीब नवाज़ मम्मी से बार-बार कहता था कि रूपये कम हों तो वो उससे ले ले।

स्कॉच खुली और पहला दौर शुरू हुआ। फीलस को जब शामिल होने के लिए कहा गया तो उसने अपने प्लेटीनमीनी बालों को एक ख़फ़ीफ़-सा झटका देकर इंकार कर दिया कि वो व्हिस्की नहीं पिया करती। सबने ज़िद किया मगर वो न मानी। चड्ढा ने बददिली का इज़हार किया तो मम्मी ने फ़ीलस के लिए हल्का-सा 'मशरूब' तैयार किया और गिलास उसके होंठों से लगाकर बड़े प्यार से कहा: "बहादुर लड़की बनो और पी जाओ।"

फीलस इंकार न कर सकी। चड्डी खुश हो गया और उसने इसी खुशी में बीस-पच्चीस और लमर्क सुनाए। सब मज़े लेते रहे... मैंने सोचा अश्लीलता से तंग आकर इंसान ने सतरपोशी इख़्तियार की होगी। यही वजह है कि अब वो सतरपोशी से उकताकर कभी-कभी अश्लीलता की तरफ दौड़ने लगता है। शिष्टता की प्रतिक्रिया यक़ीनन अशिष्टता है। इस फ़रार को क़तई तौर पर एक दिलकुशा पहलू भी है। आदमी को उससे एक लगातार 'यक-आहंगी' की कोफ़्त से चन्द घड़ियों के लिये निजात मिल जाती है...

मैंने ममी की तरफ़ देखा जो बहुत हशाश-बशाश, जवान लड़कियों में घुली-मिली, चड्ढा के नंगे-नंगे लमर्क सुनकर हंस रही थी और क़हक़हे

लगा रही थी– उसके चेहरे पर वही वाहियात मेकअप था। उसके नीचे उसकी झुर्रियां साफ़ नज़र आ रही थीं मगर वो भी मसरूर थीं... मैंने सोचा आख़िर लोग क्यों 'फ़रार' को बुरा समझते हैं... वो 'फ़रार' जो मेरी आंखों के सामने थे, उसका ज़ाहिर-गो बदनुमा था लेकिन बातिन उसका बेहद ख़ूबसूरत था... उस पर कोई बनाव सिंघार,कोई गाज़ा, कोई उबटना नहीं था।

पोली थी, वो एक कोने में रंजीत कुमार के साथ खड़ी अपने नए फ्राक के बारे में बात-चीत कर रही थी और उसे बता रही थी कि सिर्फ अपनी होशियारी से उसने बड़े सस्ते दामों पर ऐसी उमदा चीज़ तैयार करा ली है। दो टुकड़े थे जो बज़ाहिर बिलकुल बेकार मालूम होते थे, मगर अब वो एक ख़ूबसूरत पोशाक में तब्दील हो गये थे और रंजीत कुमार बड़े खुलूस के साथ उसके दो नये ड्रेस बनवा देने का वायदा कर रहा था। हालांकि उसे फिल्म कम्पनी से इतने रूपये यकमुश्त मिलने की हर्गिज़ उमीद नहीं थी और उसको यक़ीन दिला रही थी कि दफ्तर से तंख़्वाह मिलने पर वो कर्ज़ ज़रूर अदा कर देगी। ग़रीब नवाज़ को क़तई तौर पर मालूम था कि वो ये रूपया हस्ब मामूल कभी वापस नहीं देगी मगर वो उसके वायदे पर भरोसा किये जा रहा था। थेलमा, बनकतरे से तांडेव नाच के बड़े मुश्किल तोड़े सीखने की कोशिश कर रही थी। वनकतरे को मालूम था कि सारी उम्र उसके पैर कभी उनके बोल अदा नहीं कर सकेंगे, मगर वो उसको बताये जा रहा था और थेलमा भी अच्छी तरह जानती थी कि वो बेकार अपना और वनकतरे का वक़्त ज़ाया कर रही है, मगर बड़े शौक़ और इन्हमाक से सबक़ याद कर रही थी। एलमा और किटी दोनों पिए जा रही थीं और आपस में किसी आनवी की बात कर रही थीं जिसने पिछली रेस में उन दोनों से ख़ुदा मालूम कब का बदला लेने की ख़ातिर ग़लत टिप दी थी। और चड्ढा, फीलस के सांप के खपरे ऐसे रंग के बालों को पिघले हुए सोने की रंग की स्कोच में मिला-मिला कर पी रहा था। फीलिस का हिजड़ा नुमा दोस्त बार-बार जेब से कंघी निकालता था और अपने बाल संवारता था। मम्मी कभी उससे बात करती थी, कभी उससे सोडा खोलवाती थी। कभी टूटे हुए गिलास के टुकड़े उठवाती थी... उसकी निगाह सब पर थी। उस बिल्ली की तरह जो बज़ाहिर आंखें बन्द किए सुस्ताती है मगर उसको मालूम होता है कि उसके पांचों बच्चे कहां-कहां हैं और क्या-क्या शरारत कर रहे हैं।

इस दिलचस्प तस्वीर में कौन-सा रंग, कौन-सा ख़त ग़लत था... मम्मी

का बो भड़कीला और शोख़ मेकअप भी ऐसा मालूम होता था कि इस तस्वीर का ज़रूरी अंश है।

ग़ालिब कहता है:

> क़ैद हयातो-बंदे-ग़म, असल में दोनों एक हैं
> मौत से पहले आदमी ग़म से निजात पाये क्यों

क़ैदे-हयात और बंदे-ग़म जब असलन एक हैं तो ये क्या फ़र्ज़ है कि आदमी मौत से पहले थोड़ी देर के लिए निजात हासिल करने की कोशिश न करे... इस निजात के लिए कौन मुल्कुलमौत इंतज़ार करे... क्यों आदमी चंद लम्हात के लिए ख़ुदफ़रेबी के दिलचस्प खेल में हिस्सा न ले।

मम्मी सब की तारीफ़ में रतबुल्लिसान थी। उसके पहलू में ऐसा दिल था जिसमें उन सब के लिए ममता थी– मैंने सोचा, शायद इसलिए उसने अपने चेहरे पर रंग मल लिया है कि लोगों पर उसकी असलीयत मालूम न हो... उसमें शायद इतनी जिस्मानी कुव्वत नहीं थी कि वो हरेक की मां बन सकती– उसने शफ़क़त और मुहब्बत के लिए चंद आदमी चुन लिये थे और बाक़ी सारी दुनिया को छोड़ दिया था।

मम्मी को मालूम नहीं था। चड्ढा एक तगड़ा पैग फिलस को पिला चुका था। चोरी छुपे, नहीं सब के सामने। मगर मम्मी उस वक़्त अन्दर बावर्चीख़ाने में पोटैटो-चिप्स तल रही थी। फीलस नशे में थी। हलके-हलके सुरूर में। जिस तरह उसके पालिस किए हुए फौलाद के रंग के बाल आहिस्ता-आहिस्ता लहराते थे, इसी तरह वो ख़ुद भी लहराती थी।

रात के बारह बज चुके थे। वनकतरे थैलमा को तोड़े सिखा-सिखाकर अब उसे बता रहा था कि उसका बाप साला उससे मुहब्बत करता था। चाइल्ड हुड ही में ही उसकी शादी बना दी थी। उसकी वाइफ़ बहुत ब्यूटीफुल है... और ग़रीब नवाज़, डोली को क़र्ज़ देकर भूल भी चुका था। रंजीत कुमार, पोली को अपने साथ कहीं बाहर ले गया था। एलमा और किट्टी दोनों जहान भर की बातें कर के अब थक गई थीं और आराम करना चाहती थीं। तिपाई के इर्द-गिर्द फीलस उसका हिज़ड़ा नुमा साथी और मम्मी बैठे थे। चड्ढा अब जज़्बाती नहीं था। फीलस उसके पहलू में बैठी थी। जिसने पहली बार शराब का सुरूर चखा था। उसको हासिल करने का अज़्म उसकी आंखों में साफ़ मौजूद था। मम्मी उससे ग़ाफ़िल नहीं थी।

थोड़ी देर के बाद फीलस का हिजड़ानुमा दोस्त उठकर सोफे पर दराज़ हो गया और अपने बालों में कंघी करते-करते सो गया– ग़रीब नवाज़ और

डॉली उठा कर कहीं चले गये। एलमा और किट्टी ने आपस में किसी माग्रेट के बारे में बातें करते हुए मम्मी से रुख़सत ली और चली गई... वनकतरे ने आख़री बार अपनी बीवी की ख़ूबसूरती की तारीफ़ की और फीलस की तरफ़ हसरत भरी नज़रों से देखा, फिर थेलमा की तरफ़ जो उसके पास बैठी थी। और उसको बाज़ू से पकड़ कर चांद दिखाने के लिए बाहर मैदान में ले गया।

एकदम जाने क्या हुआ कि चड्ढा और मम्मी में गर्म-गर्म बातें शुरू हो गईं। चड्ढा की ज़बान लड़खड़ा रही थीं। वो एक नाख़लफ़ बच्चे की तरह मम्मी से बदज़ुबानी करने लगा। फीलस ने दोनों में मसलेहत की महीन-महीन कोशिश की, मगर चड्ढा हवा के घोड़े पर सवार था। वो फिलस को सईदा कॉटेज तक ले जाना चाहता था। मम्मी उसके ख़िलाफ थी। वो बार-बार मम्मी से कह रहा था: "तुम दीवानी हो गई हो... बूढ़ी दलाला... फीलस मेरी है- पूछ लो इससे।"

मम्मी ने बहुत देर तक उसकी गालियां सुनीं, आख़िर में बड़े समझाने वाले अंदाज़ में उससे कहा: "चड्ढा, माई सन... तुम क्यों नहीं समझते... शी इज़ यंग... शी इज़ वेरी यंग।"

उसकी आवाज़ में कपकपाहट थी। एक इल्तिजा थी। एक सरज़निश थी, एक बड़ी भयानक तस्वीर थी, मगर चड्ढा बिल्कुल न समझा। सब वक़्त इसके पेशेनज़र सिर्फ फीलस और उसका हुसूल था। मैंने फीलस की तरफ़ देखा। और मैंने पंद्रह बरस की... उसका सफेद चेहरा, नुक़रई बादलों में घिरा हुआ, बारिश के क़तरे की तरह लरज़ रहा था।

चड्ढा ने उसको बाज़ू से पकड़कर अपनी तरफ़ खींचा और फिल्मों के हीरो के अंदाज़ में उसे अपने सीने के साथ भेंच लिया- मम्मी ने एहतेजाज की चीख़ बुलंद की: "चड्ढा- छोड़े दो... फोर गाॅड्ज़ सीक... छोड़ दो इसे।"

जब चड्ढा ने फीलस को अपने चौड़े सीने से जुदा न किया तो मम्मी ने उसके मुंह पर एक चांटा मारा: "गेट आउट... गेट आउट।"

चड्ढा भौंचका रह गया। फीलस को जुदा कर के उसने धक्का दिया और मम्मी की तरफ़ क़हर आलूद निगाहों से देखता बाहर चला गया। मैंने उठकर रुख़्सत ली और चड्ढा के पीछे चला गया।

सईदा कॉटेज पहुंच कर मैंने देखा वो पतलून, कमीज़ और बूट समेत पलंग पर औंधे मुंह लेटा था। मैंने उससे कोई बात न की और दूसरे कमरे

में जाकर बड़े मेज़ पर सो गया।

सुबह देर से उठा। घड़ी में दस बज रहे थे। चड्ढा सुबह ही सुबह उठकर बाहर चला गया था। कहां, ये किसी को मालूम नहीं था। मैं जब गुसलख़ाने से बाहर निकल रहा था तो मैंने उसकी आवाज़ सुनी जो गैराज से बाहर आ रही थी। मैं रुक गया। वो किसी से कह रहा था: ''वो लाजवाब औरत है... खुदा की कसम वो लाजवाब औरत है... दुआ करो कि उसकी उम्र को पहुंच कर तुम भी वैसी ही ग्रेट हो जाओ।''

उसके लहजे में एक अजीबो-ग़रीब तलख़ी थी... मालूम नहीं उसका रुख़ उसकी अपनी ज़ात की जानिब था या इस शख़्स की तरफ़ जिससे वो मुख़ातिब था– मैंने ज़्यादा देर वहां रुके रहना मुनासिब न समझा और अन्दर चला गया। आधे घंटे के क़रीब मैंने इंतेज़ार किया। जब वो न आया तो मैं प्रभात नगर रवाना हो गया।

मेरी बीवी का मिज़ाज 'मोतदिल' था– हरीश घर में नहीं था। उसकी बीवी ने उसके बारे में पूछा तो मैंने कह दिया कि वो अभी तक सो रहा है। पूना में काफ़ी तफ़रीह हो गई थी, इसलिए मैंने हरीश की बीवी से कहा कि हमें इजाज़त दी जाए। रसमन उसने मुझे रोकना चाहा, मगर सईदा कॉटेज से ही फ़ैसला कर के चला था कि रात का वाक़िया मेरे लिए ज़ेहनी जुगाली के वास्ते बहुत काफ़ी है...

हम चल दिये... रास्ते में मम्मी की बातें हुईं। जो कुछ हुआ था मैंने उसका ज्यों का त्यों सुना दिया। उसकी प्रतिक्रिया यह भी कि फीलस उसकी कोई रिश्तेदार होगी। या वो उसे किसी अच्छी आसामी को पेश करना चाहती थी, जब ही उसने चड्ढा से लड़ाई की... मैं ख़ामोश रहा। उसकी तरदीद की न ताईद।

कई दिन गुज़रने पर चड्ढा का ख़त आया जिसमें उस रात के वाक़िये का सरसरी ज़िक्र था और उसने अपने सम्बंध में ये कहा था : ''मैं उस रोज़ हैवान बन गया था– लानत हो मुझ पर।''

तीन महीने के बाद एक ज़रूरी काम से मुझे पूना जाना पड़ा। सीधा सईदा कॉटेज पहुंचा। चड्ढा मौजूद नहीं था। ग़रीब नवाज़ से उस वक़्त मुलाक़ात हुई जब वो गैराज से बाहर निकल कर शीरीं के खर्दसाल बच्चे को प्यार कर रहा था। वो बड़े तपाक से मिला। थोड़ी देर के बाद रंजीत कुमार आ गया, कछुए की चाल चलता, और ख़ामोश बैठ गया। मैं अगर उससे कुछ पूछता तो वो बड़े संक्षेप में जवाब देता। उससे बातों-बातों में

मालूम हुआ कि चड्ढा उस रात के बाद मम्मी के पास नहीं गया और न वो कभी यहां आई है। फीलस को उसने दूसरे रोज़ ही अपने मां-बाप के पास भिजवा दिया था। वो उस हीजड़ानुमा लड़के के साथ घर से भाग कर आई हुई थी... रंजीत कुमार को यक़ीन था कि अगर वो कुछ दिन और पूना में रहती तो वो ज़रूर उसे ले उड़ता। ग़रीब नवाज़ ने ऐसा कुछ सोचा नहीं था, उसे सिर्फ ये अफसोस था कि वो चली गई।

चड्ढा के मुतअल्लिक़ ये पता चला कि दो-तीन दिन से उसकी तबीयत नासाज़ है... बुख़ार रहता है, मगर वो किसी डाक्टर से मशवरा नहीं लेता... सारा दिन इधर-उधर घूमता रहता है। ग़रीब नवाज़ ने जब मुझे ये बातें बताना शुरू कीं तो रंजीत कुमार उठ कर चला गया। मैंने सलाखों वाली खिड़की में से देखा, उसका रुख़ गैराज की तरफ़ था।

मैं ग़रीब नवाज़ से गैराज वाली शीरीं के मुतल्लिक कुछ पूछने के लिए खुद को तैयार ही कर रहा था कि वनकतरे सख़्त घबराया हुआ कमरे में दाख़िल हुआ। उससे मालूम हुआ कि चड्ढा को सख़्त बुख़ार था। वो उसे तांगे में यहां ला रहा था कि रास्ते में बेहोश हो गया... मैं और ग़रीब नवाज़ बाहर दौड़े। तांगे वाले ने बेहोश चड्ढा को संभाला हुआ था। हम सब ने मिलकर उसे उठाया और कमरे में पहुंचा कर बिस्तर पर लिटा दिया। मैंने उसके माथे पर हाथ रखकर देखा, वाकई बहुत तेज़ बुख़ार था। एक सौ छः डिग्री से कम न होगा।

मैंने ग़रीब नवाज़ से कहा कि फ़ौरन डाक्टर बुलाना चाहिए। उसने वनकतरे से मश्वरा किया। वो "अभी आता हूं" कहकर चला गया। जब वापस आया तो उसके साथ मम्मी थी जो हांप रही थी। अन्दर दाख़िल होते ही उसने चड्ढा की तरफ़ देखा और क़रीब-क़रीब चीख़ कर पूछा: "क्या हुआ मेरे बेटे को?"

वनकतरे ने जब उसे बताया कि चड्ढा कई दिन से बीमार था तो मम्मी ने बड़े रंज और गुस्से के साथ कहा: "तुम कैसे लोग हो... मुझे ख़बर क्यों नहीं दी।" फिर उसने ग़रीब नवाज़, मुझे और वन करते को कुछ समझाया। एक को चड्ढा के पांव सहलाने की, दूसरे को बर्फ लाने की और तीसरे को पंखा करने की चड्डी की हालत देख कर उसकी अपनी हालत बहुत ग़ैर हो गई थी। लेकिन उसने सूझ-बूझ से काम लिया और डॉक्टर को बुलाने चली गई।

मालूम नहीं रंजीत कुमार को गैराज में कैसे पता चला। मम्मी के जाने

के बाद तुरंत वो घबराया हुआ आया। जब उसने पूछा तो वनकतरे ने उसके बेहोश होने का वाक़िया बयान कर दिया और यह भी बता दिया कि मम्मी डॉक्टर के पास गई हैं। यह सुन कर रंजीत कुमार की बेचैनी किसी हद तक दूर हो गई।

मैने देखा कि वो तीनों बहुत संतुष्ट थे, जैसे चड्ढा के सेहत की सारी ज़िम्मेदारी मम्मी ने अपने सर ले ली है।

उसकी हिदायत के मुताबिक़ चड्ढा के पांव सहलाये जा रहे थे। सर पर बर्फ़ की पट्टियां रखी जा रही थीं। जब मम्मी डॉक्टर लेकर आई तो वो किसी क़दर होश में आ रहा था। डॉक्टर ने मुआयने में काफ़ी देर लगाई। उसके चेहरे से मालूम होता था कि चड्ढा की ज़िन्दगी ख़तरे में है। मुआयने के बाद डाक्टर ने मम्मी को इशारा किया और वो कमरे से बाहर चले गये– मैंने सलाख़ों वाली खिड़की पर से देखा गैराज के टाट पर का पर्दा हिल रहा था।

थोड़ी देर के बाद मम्मी आई। ग़रीब नवाज़ बनकतरे और रंजीत कुमार से उसने अलग-अलग कहा कि घबराने की कोई ज़रूरत नहीं। चड्ढा अब आंखें खोल कर सुन रहा था। मम्मी को उसने हैरत की निगाहों से नहीं देखा था। लेकिन वो उलझन-सी महसूस कर रहा था। थोड़ी देर के बाद जब वो समझ गया कि मम्मी क्यों और कैसे आई है तो उसने मम्मी का हाथ अपने हाथ में लिया और दबा कर कहा: "मम्मी, यू आर ग्रेट!"

मम्मी उसके पास पलंग पर बैठ गई। वो प्रेम और हमदर्दी का मुजस्समा थी। चड्ढा के तपते हुए माथे पर हाथ फिर कर उसने मुस्कुराते हुए सिर्फ इतना कहा: "मेरे बेटे... मेरे ग़रीब नवाज़ बेटे!"

चड्ढा की आंखों में आंसू आ गये, लेकिन तुरंत ही उसको जज़्ब करने की कोशिश की और कहा: "नहीं... तुम्हारा बेटा पहले दर्जे का स्काउंड्रिल है... जाओ अपने मरहूम ख़ाविन्द का पिस्तौल लाओ और इसके सीने पर दाग़ दो।"

मम्मी ने चड्ढा के गाल पर हौले से तमाचा मारा: "फ़िज़ूल वकवास न करो!" फिर वो चुस्तो-चालाक नर्स की तरह उठी और हम से मुख़ातिब होकर कहा: "लड़को– चड्ढा बीमार है मुझे हस्पताल ले जाना है उसे– समझे?"

सब समझ गये। ग़रीब नवाज़ ने फौरन टैक्सी का बन्दोबस्त कर दिया। चड्ढा को उठाकर उसमें डाला गया। वो बहुत कहता रहा कि इतनी

कौन-सी आफत आ गई है जो उसको हस्पताल के सुपुर्द किया जा रहा है। मगर मम्मी यही कहती रही कि बात कुछ भी नहीं। हस्पताल में ज़रा आराम रहता है। चड्ढा बहुत ज़िद्दी था, मगर नफ़सियाती तौर पर वो उस वक़्त मम्मी की किसी बात से इंकार नहीं कर सकता था।

चड्ढा हस्पताल में दाख़िल हो गया... मम्मी ने अकेले में मुझे बताया कि मर्ज़ बहुत ख़तरनाक है। यानी प्लेग। ये सुनकर मेरे ओसान ख़ता हो गये। ख़ुद मम्मी बहुत परेशान थी। लेकिन उसको ये उमीद थी कि यह बला टल जायेगी और चड्ढा बहुत जल्द तंदरुस्त हो जायेगा।

इलाज होता रहा प्राइवेट अस्पताल था। डॉक्टरों ने चड्ढा का इलाज बहुत तवज्जो से किया मगर कई पेचीदगियां पैदा हो गईं। उसके चमड़े जगह-जगह से फटने लगे, और बुख़ार बढ़ता गया। डॉक्टरों ने आख़िर में राय दी कि इसे बम्बई ले जाओ। मगर मम्मी न मानी। उसने चड्ढा को उसी हालत में उठवाया और अपने घर ले गई।

मैं ज़्यादा देर पूना में नहीं ठहर सकता था। वापस बम्बई आया तो मैंने टेलीफोन के जरीये कई बार उसका हाल पूछा। मेरा ख़्याल था कि वो प्लेग से मुक्त न हो सकेगा। मगर मुझे मालूम हुआ कि आहिस्ता-आहिस्ता उसकी हालत संभल रही है। एक मुक़दमे के सिलसिले में मुझे लाहौर जाना पड़ा। वहां से पन्द्रह दिन बाद लौटा तो मेरी बीवी ने चड्ढा का एक ख़त दिया जिसमें सिर्फ यह लिखा था "मम्मी ने अपने 'नाख़ल्फ़' बेटे को मौत के मुंह से बचा लिया है।"

इन चन्द लफ़्ज़ों में बहुत कुछ था। जज़्बात का एक पुरा समुन्द्र था। मैंने अपनी बीवी से उसका ज़िक्र ख़िलाफे मामूल बड़े जज़्बाती अंदाज़ में किया तो उसने प्रभावित होकर सिर्फ इतना कहा: "ऐसी औरतें अमूमन ख़िदमत गुज़ार हुआ करती हैं।"

मैंने चड्ढा को दो-तीन ख़त लिखे जिनका जवाब न आया। बाद में मालूम हुआ कि मम्मी ने उसको आबो-हवा की तब्दीली के लिए अपनी एक सहेली के यहां लोनावाला भिजवा दिया था। चड्ढा वहां बड़ी मुश्किल से एक महीना रहा और उक्ताकर चला आया। जिस दिन वो पूना पहुंचा, इत्तेफाक़ से मैं वहीं था।

प्लेग के ज़बरदस्त हमले के कारण वो बहुत कमज़ोर हो गया था। मगर उसकी गोशा पसंद तबीयत उसी तरह ज़ोरों पर थी। अपनी बीमारी का उसने इस अंदाज़ में ज़िक्र किया। जिस तरह आदमी सायकल के मामूली

हादसे का ज़िक्र करता है। अब कि वो स्वस्थ हो गया था। अपनी ख़तरनाक बीमारी के सम्बंध में तफ़सीली गुफ़्तुगू उसे बेकार मालूम होती थी।

सईदा कॉटेज में चड्ढा की ग़ैरहाज़री के दौरान में छोटी-छोटी तब्दीलियां हुई थीं। एल ब्रादरान यानी शकील और अक़ील कहीं और उठ गये थे क्योंकि उन्हें अपनी ज़ाती फिल्म कम्पनी स्थापित करने के लिए सईदा कॉटेज की फ़िज़ा उचित नहीं मालूम होती थी। उनकी जगह एक म्यूज़िक डायरेक्टर आ गया था। उसका नाम सेन था। उसके साथ लाहौर से भागा हुआ एक लड़का राम सिंह रहता था। सईदा कॉटेज वाले सब उससे काम लेते थे। तबीयत का बहुत शरीफ़ और ख़िदमत गुज़ार था। चड्ढा के पास उस वक़्त आया था जब वो मम्मी के कहने पर लोनावाला जा रहा था। उसने ग़रीब नवाज़ और रंजीत कुमार से कह दिया था कि उसे सईदा कॉटैज में रख लिया जाये सेन के कमरे में चूंकि जगह ख़ाली थी, इसलिए उसने वहीं अपना डेरा जमा दिया था।

रंजीत कुमार को कम्पनी के नई फिल्म में हीरो मुनतख़्ब कर लिया गया था और उसके साथ वायदा कर लिया गया था कि अगर फिल्म कामियाब हुआ तो उसको दूसरा फिल्म डायरेक्ट करने का मौक़ा दिया जायेगा। चड्ढा अपनी दो बरस की जमा की गई तंख़्वाह में से डेढ़ हज़ार रूपये यकमुश्त हासिल करने में कामयाब हो चुका था। उसने रंजीत कुमार से कहा था "मेरी जान अगर कुछ वसूल करना है तो प्लेग में मुब्तला हो जाओ... हीरो और डायरेक्टर बनने से मेरा तो ख़्याल है, बेहतर है।"

ग़रीब नवाज़ ताज़ा-ताज़ा हैदराबाद से वापस आया था, इसलिए सईदा कॉटेज किसी तरह सम्पन्न थी। मैंने देखा कि गैराज के बाहर अलगनी से ऐसी कमीज़ और सलवारें लटक रही थीं जिनका कपड़ा अच्छा और क़ीमती था। शीरीं के पास खुर्द-साल बच्चे के पास नए खिलौने थे।

मुझे पूना में पन्द्रह रोज़ रहना पड़ा। मेरा पुराना फिल्मों का साथी अब नई फिल्म की हीरोइन की मुहब्बत में गिरफ़्तार होने की कोशिश में मसरूफ़ था। मगर डरता था। क्योंकि यह हीरोईन पंजाबी थी और उसका ख़ाविन्द बड़ी-बड़ी मूंछों वाला हट्टा-कट्टा मुस्टंडा था। चड्ढा ने उसको हौसला दिया था, कुछ पर्वा न करो इस साले की... जिस पंजाबी एक्ट्रेस का पति बड़ी-बड़ी मूंछों वाला पहलवान हो, वो इश्क़ के मैदान में ज़रूर चारों शाने चित गिरा करता है... बस इतना करो कि सौ रूपये प्रति गाली के हिसाब से मुझसे पंजाबी की दस बड़ी हैवी वेट क़िस्म की गालियां सीख लो। ये

तुम्हारी ख़ास मुश्किलों में बहुत काम आया करेंगी।"

हरीश एक बोतल प्रति गाली के हिसाब से छः गालियां पंजाब के ख़ास लबो-लहजा में याद कर चुका था। मगर अभी तक उसे अपने इश्क़ के रास्ते में कोई ऐसी ख़ास मुश्किल सामने नहीं आई थी जो वो उनकी तासीर का इम्तेहान ले सकता था।

मम्मी के घर पहले की तरह महफ़िलें जमती थीं। पोली, डॉली, किट्टी, एलिमा, थेलमा वग़ैरह सब आती थीं। वनकतरे बदस्तूर थेलमा को कथाकाली और तांडेव नाच की ताथई और धानी नाकत की वन टू थ्री बना-बनाकर बाताता था और वो उसे सीखने की पुरखुलूस कोशिश करती थी। ग़रीब नवाज़ क़र्ज़ दे रहा था। और रंजीत कुमार जिसको अब कंपनी के नए फिल्म से हीरो का चांस मिल रहा था। इनमें से किसी एक को बाहर खुली हवा में ले जाता था– चड्ढा के नंगे-नंगे लमर्क सुनकर उसी तरह क़हक़हे बरपा होते थे... एक सिर्फ वो नहीं थी... वो जिसके बालों के रंग के लिए सही तश्बीह ढूंढने में चड्ढा ने काफ़ी वक़्त लगाया था। मगर उन महफिलों में चड्ढा की निगाहें उसे ढूंढती नहीं थीं। फिर भी कभी-कभी जब चड्ढा की नज़रें मम्मी की नज़रों से टकरा कर झुक जाती थीं तो मैं महसूस करता था कि उसको अपनी उस रात की दीवांगी का अफ़सोस है। ऐसा अफ़सोस जिसकी याद से उसको तकलीफ होती है। चुनांचि चौथे पैग के बाद किसी वक़्त इस क़िस्म का वाक्य उसकी ज़बान से बेइख़्तियार निकल जाता "चड्ढा यू आर ए डीम्ड ब्रोट!"

ये सुनकर मम्मी मुस्कुरा देती थीं, जैसे वो उसके मुस्कुराहट की शीरीनी में लपेट-लपेट कर यह कह रही है "डोंट टॉक रोट।"

वनकतरे से बदस्तूर उसकी चख़ चलती थी। सुरूर में आकर जब वो अपने बाप की तारीफ़ में या अपनी बीवी की खूबसूरती के मुतल्लिक़ कुछ कहने लगता तो वो बहुत बड़े गंडासे से काट डालता। वो ग़रीब चुप हो जाता और अपना मैटरीक्युलेशन सर्टीफिकेट तह कर के जेब में डाल लेता।

मम्मी, वही मम्मी थी... पोली की मम्मी, डोली की मम्मी, रंजीत कुमार की मम्मी... सोडे की बोतलों, ग़ज़क की चीज़ों और महफ़िल जमाने के दूसरे साज़ो-सामान के इंतज़ाम में वो उसी प्यार और मुहब्बत से हिस्सा लेती थी। उसके चेहरे का मेकअप वैसा ही होता था। उसके कपड़े उसी तरह भड़कदार थे। ग़ाज़े और सुर्खी के तहों से उसकी झुर्रियां उसी तरह झांकती थी। मगर अब मुझे मुक़द्दस दिखाई देती थीं। इतनी मुक़द्दस कि

प्लेग के कीड़े उन तक नहीं पहुंच सके थे। डर कर, सिमट कर वो दौड़ गए थे... चड्ढा के जिस्म से भी निकल भागे थे कि उस पर उन झुर्रियों का साया था...

वनकतरे की ख़ूबसूरत बीवी का जब गर्भपात हुआ था तो मम्मी ही की देख-रेख से जान बची थी। थेलमा जब हिन्दुस्तानी नृत्य सीखने के शौक़ में मारवाड़ के एक कत्थक के हत्थे चढ़ गई थी और इस सौदे में एक रोज़ जब उसको अचानक मालूम हुआ था कि उसने एक मर्ज़ ख़रीद लिया है तो मम्मी ने उसको बहुत डांटा था और उसको जहन्नुम सपुर्द करके हमेशा-हमेशा के लिए उससे सम्बंध विच्छेद करने का इरादा था, मगर उसकी आंखों में आंसू देखकर उसका दिल पसीज गया था। उसने उसी रोज़ शाम को अपने बेटों को सारी बात सुना दी थी और उनसे दरख़्वास्त की थी कि वो थेलमा का इलाज करायें। कई को एक पहेली हल करने के सिलसिले में पांच सौ रूपये का इनाम मिला था तो उसने मजबूर किया था कि वो कम से कम उसके आधे रूपये ग़रीब नवाज़ को दे दे। क्योंकि उस ग़रीब का हाथ तंग है।

उसने किट्टी से कहा था "तुम इस वक़्त इसे दे दो– बाद में लेती रहना।" और मुझसे उसने पन्द्रह रोज़ के क़याम के दौरान में कई बार मेरी मिसेज़ के बारे में पूछा था और तश्वीश का इज़हार किया था कि पहले बच्चे की मौत को इतने बरस हो गए हैं, दूसरा बच्चा क्यों नहीं हुआ। रंजीत कुमार से ज़्यादा रग़बत के साथ बात नहीं करती थी, ऐसा मालूम होता था कि उसकी नुमाइश पसंद तबीयत उसको अच्छी नहीं लगती। मेरे सामने इसका इज़हार वो एक-दो बार लफ़्ज़ों में भी कर चुकी थी। म्यूज़िक डायरेक्टर सेन से वो नफ़रत करती थी। चड्ढा उसको अपने साथ लाता था तो वो उससे कहती थी। ऐसे ज़लील आदमी को यहां मत लाया करो।" चड्ढा उससे वजह पूछता तो वो बड़ी संजीदगी से ये जवाब देती थी कि मुझे ये आदमी ऊपरा-ऊपरा-सा मालूम होता है– फिट नहीं बैठता मेरी नज़रों में।" ये सुनकर चड्ढा हंस देता था।

मम्मी के घर की महफ़िलों की पुरखुलूस गर्मी मैं वापस बम्बई चला गया। इन महफिलों में रिन्दी थी, बिलानोशी थी, जिंसियाती रंग था। मगर कोई उलझाव नहीं था। हर चीज़ हामला औरत के पेट की तरह समझने के काबिल थी। उसी तरह उभरी हुई। स्पष्ट रूप से उसी तरह कुडढब, बैंडी और देखने वाले को गो-मगो की हालत में डालने वाली। मगर असल में

बड़ी सही बासलीक़ा और अपनी जगह पर क़ायम।

दूसरे रोज़ सुबह के अख़बारों में ये पढ़ा कि सईदा काटेज में बंगाली म्यूज़िक डायरेक्टर सेन मारा गया है। उसको क़त्ल करने वाला कोई राम सिंह है जिसकी उम्र चौदह-पन्द्रह बरस के क़रीब बताई जाती है। मैंने फौरन पूना टेलीफोन किया मगर कोई न मिल सका।

एक हफ़्ते के बाद चड्ढा का ख़त आया जिसमें हादसा की पूरी तफ़्सील थी। रात को सब सोए थे कि चड्ढा के पलंग पर अचानक कोई गिरा। वो हड़बड़ा कर उठा। रोशनी की तो देखा सेन है, ख़ून में लतपत। चड्ढा अच्छी तरह अपने होशो-हवास संभालने भी न पाया था कि दरवाज़े में रामसिंह नमूदार हुआ। उसके हाथ में छुरी थी। फ़ौरन ही ग़रीब नवाज़ और रंजीत कुमार भी आ गये। सारी सईदा काटेज जाग गई। रंजीत कुमार और ग़रीब नवाज़ ने राम सिंह को पकड़ लिया और छुरी उसके हाथ से छीन ली। चड्ढा ने सेन को अपने पलंग पर लिटाया... और उससे ज़ख़्मों के बारे में कुछ पूछने ही वाला था कि उसने आख़री हिचकी ली और ठंडा हो गया।

राम सिंह, ग़रीब नवाज़ और रंजीत कुमार की गिरफ़्त में था, मगर वो दोनों कांप रहे थे। सेन मर गया तो राम सिंह ने चड्ढा से पूछा: भापा जी. .. मर गया?''

चड्ढा ने हां में जवाब दिया तो रामसिंह ने रंजीत कुमार और ग़रीब नवाज़ से कहा: ''मुझे छोड़ दीजिये, मैं भागूंगा नहीं।''

चड्ढा की समझ में नहीं आता था कि वो क्या करे। उसने फौरन नौकर भेजकर मम्मी को बुलवाया। मम्मी आई तो सब मुतमइन हो गए कि मामला सुलझ जायेगा। उसने राम सिंह को आज़ाद कर दिया और थोड़ी देर के बाद अपने साथ पुलिस स्टेशन ले गई जहां उसका बयान दर्ज करा दिया गया। उसके बाद चड्ढा और उसके साथी कई दिन तक सख़्त परेशान रहे। पुलिस की पूछ-गुछ, बयानात, फिर अदालत में मुक़दमें की पैरवी। मम्मी इस दौरान में बहुत दौड़-धूप करती रही थी। चड्ढा को यक़ीन था कि राम सिंह बरी हो जायेगा। चुनांचि ऐसा ही हुआ। मातेहत अदालत ने उसे साफ बरी कर दिया। अदालत में उसका वही बयान था जो उसने थाने में दिया था। मम्मी ने उससे कहा था' बेटा घबराओ नहीं, जो कुछ हुआ है, सच-सच बता दो... और उसने तमाम वाक़ियात ज्यों का त्यों बयान कर दिये थे कि सेन ने उसे प्लेबैक सिंगर बना देने का लालच दिया था। उसको खुद भी मूसीक़ी से बड़ा लगाव था, और सेन बहुत अच्छा गाने वाला था। वो

इस चक्कर में आकर उसकी 'शहवानी' ख़ाहिशात को पूरी करता रहा। मगर उसको उससे सख़्त नफ़रत थीं, उसका दिल बार-बार उसे लानत-मलामत करता था। आख़िर में वो इस क़दर तंग आ गया था कि उसने सेन से कह भी दिया था कि अगर उसने फिर उसे मजबूर किया तो वो उसे जान से मार डालेगा। चुनांचि वारदात की रात को यही हुआ।

अदालत में उसने यही बयान दिया। मम्मी मौजूद थी। आंखों ही आंखों में वो रामसिंह को दिलासा देती रही कि घबराओ नहीं, जो सच है कह दो। सच की हमेशा जीत होती है। इसमें कोई शक नहीं कि तुम्हारे हाथों ने ख़ून किया है, मगर एक बड़ी नापाक चीज़ का। एक 'ख़बासत' का। एक ग़ैरफ़ितरी सौदे का।

राम सिंह ने बड़ी सादगी, बड़े भोलेपन और बड़ी मासूमाना अंदाज़ में सारे वाक़ियात बयान किए। मजिस्ट्रेट इस क़द्र प्रभावित हुआ कि उसने राम सिंह को बरी कर दिया। चड्ढा ने कहा: इस झूठे ज़माने में ये सच्चाई की जीत है... और इसका सेहरा मेरी बुड्ढी मम्मी के सर है।"

चड्ढा ने मुझे इस जलसे में बुलाया था जो रामसिंह की रिहाई की ख़ुशी में सईदा कॉटेज वालों ने किया था। मगर मैं मसरूफियत के कारण इसमें शरीक न हो सका। एल ब्रादर्ज़ शकील और अक़ील, दोनों वापस सईदा कॉटेज आ गये थे। बाहर की फ़िज़ा भी उनकी अपनी फिल्म कम्पनी चलाने के लिए रास न आई थी। अब वो फिर अपनी पुरानी फिल्म कम्पनी में किसी असिस्टेंट के असिस्टेंट हो गये थे। इन दोनों के पास इस पूंजी में से चन्द सौ बाक़ी बचे हुए थे जो उन्होंने अपनी फिल्म कम्पनी की बुनियादों के लिए जमा किया था। चड्ढा के मशवरे पर उन्होंने ये सब रूपया जलसे को कामयाब बनाने के लिए दे दिया। चड्ढा ने उनसे कहा था, "अब मैं चार पैग पीकर दुआ करूंगा कि वो तुम्हारी अपनी फिल्म कम्पनी फौरन खड़ी कर दे।"

चड्ढा का बयान था कि उस जल्से में वनकतरे ने शराब पीकर अपने साले बाप की तारीफ़ न की और न अपनी खूबसूरत बीवी का ज़िक्र किया। ग़रीब नवाज़ ने किट्टी को फौरी ज़रूरियात के पेशनज़र उसको दो सौ रुपये कर्ज़े दिये और रंजीत कुमार से उसने कहा था: " तुम उन बेचारी लड़कों को यों ही झांसे न दिया करो... हो सकता है कि तुम्हारी नीयत साफ़ हो मगर लेने के मामले में उनकी नीयत इतनी साफ़ नहीं होती... कुछ न कुछ दे दिया करो।"

मैंने उस जलसे में राम सिंह को बहुत प्यार किया, और सब को मशवरा दिया कि उसे घर वापस जाने के लिए कहा जाये। चुनांचि वहीं फैसला हुआ, और दूसरे रोज़ ग़रीब नवाज़ ने उसके टिकट का बन्दोबस्त कर दिया– शीरीं ने सफ़र के लिये उसको खाना पका दिया। स्टेशन पर सब उसको छोड़ने गये। ट्रेन चली तो वो देर तक हाथ हिलाते रहे।

ये छोटी-छोटी बातें मुझे उस जलसे के दस रोज़ बाद मालूम हुईं जब मुझे एक ज़रूरी काम से पूना जाना पड़ा। सईदा काटेज में कोई तब्दीली नहीं हुई थी। ऐसा मालूम होता था कि वो ऐसा पड़ाव है जिसकी शक्लो-सूरत हज़ारों क़ाफ़लों के ठहरने से भी तब्दील नहीं होती। वो कुछ ऐसी जगह थी जो अपना ख़ालीपन ख़ुद पूरी कर देती थी। मैं जिस रोज़ वहां पहुंचा, शीरीं के घर एक और लड़का हुआ था। उसने अपने बच्चे के लिए कहीं से दो पैदा किये थे, इनमें से एक वो शीरीं के नौज़ाइदा लड़के के लिए ले आया था। चड्ढा ने आख़री दो लड्डू उसके मुंह में ठूंसे और कहा: "तू ये ग्लेक्सो का डब्बा ले आया है– बड़ा कमाल किया है तू ने... अपने साले बाप और अपनी साली बीवी की देखना, हर्गिज़ कोई बात न करना।"

वनकतरे ने बड़े भोलेपन के साथ कहा: साले मैं अब कोई पिये ला हूं... वो तो दारू बोला करती है... वैसे बाई गॉड... मेरी बीवी बड़ी हैंडसम है..."

चड्ढा ने इस क़द्र बेतहाशा ठहाका लगाया कि वनकतरे को कुछ कहने का मौक़ा न मिला। इसके बाद चड्ढा, ग़रीब नवाज़ और रंजीत कुमार मुझसे मुतवज्जह हुए और उस कहानी की बातें शरू हो गईं जो मैं अपने पुराने फिल्मों के साथी के ज़रीये वहां के एक प्रोड्यूसर के लिए लिख रहा था। फिर कुछ देर शीरीं के नौज़ाइदा लड़के का नाम मुक़र्रर होता रहा। सैकड़ों नाम पेश हुए मगर चड्ढा को पसंद न आए। आख़िर मैंने कहा कि पैदाइश की जगह यानी सईदा कॉटेज की रिआयत से लड़का मौलूद-मसऊद है, इसलिए मसऊद नाम बेहतर रहेगा। चड्ढा को पसंद नहीं था, लेकिन उसने आरज़ी तौर पर क़बूल कर लिया।

इस दौरान में, मैंने महसूस किया कि चड्ढा, ग़रीब नवाज़ और रंजीत कुमार तीनों की तबीयत किसी क़द्र बुझी-बुझी-सी थी। मैंने सोचा शायद यह पतझड़ के कारण है जब आदमी ख़ाहमख़ाह थकावट महसूस करता है। शीरीं का नया बच्चा भी इस का कारण हो सकता था। लेकिन यह शुब्हे इस्तदलाल पर पूरा नहीं उतरता था। सेन के क़त्ल की ट्रेजडी... मालूम नहीं

क्या कारण था... लेकिन मैंने यह क़तई तौर पर महसूस किया था कि वो सब उदास थे। हंसते थे, बोलते थे, मगर अंदरूनी तौर पर बेचैन थे।

मैं प्रभात नगर में अपने पुराने फ़िल्मों के साथी के घर में कहानी लिखता रहा। ये मसरूफ़ियत पूरे सात दिन जारी रही। मुझे बार-बार ख़्याल आता था कि इस दौरान में चड्ढा ने ख़लल अंदाज़ी क्यों नहीं की। वनकतरे भी ग़रीब नवाज़ के सम्बंध में, मैने सोचा कि शायद हैदराबाद चला गया हो। और मेरा पुराना फिल्मों का साथी अपने नए फिल्म की हीरोइन से, उसके घर में, उसके बड़ी-बड़ी मूंछों वाले ख़ाविन्द की मौजूदगी में इश्क़ लड़ाने का पक्का इरादा कर रहा था।

मैं अपनी कहानी के एक बड़े दिलचस्प अध्याय का मंज़रनामा तैयार कर रहा था चड्ढा बलाए नागिहानी की तरह नाज़िल हुआ। कमरे में दाखिल होते ही उसने मुझसे पूछा: "उस बकवास का तुमने कुछ वसूल किया है।"

उसका इशारा मेरी कहानी की तरफ़ था जिसके मुआवज़े की दूसरी क़िस्त मैने दो रोज़ हुए वसूल की थी– "हां... दूसरा हज़ार परसों लिया है।"

"कहां है यह हज़ार?" यह कहता चड्ढा मेरे कोट की तरफ़ बढ़ा।

"मेरी जेब में।"

चड्ढा ने मेरी जेब में हाथ डाला। सौ-सौ के चार नोट निकाले और मुझसे कहा: "आज शाम को मम्मी के यहां पहुंच जाना– एक पार्टी है।"

मैं उस पार्टी के समबंध में उससे कुछ पूछने ही वाला था कि वो चला गया। वो उदासी जो मैंने चन्द रोज़ पहले उसमें महसूस की थी, पहले जैसी मौजूद थी। वो कुछ बेचैन भी था– मैंने उसके सम्बंध में सोचना चाहा मगर दिमाग़ माइल न हुआ, कहानी के दिलचस्प अध्याय का मंज़र नामा उसमें बुरी तरह फंसा था।

अपने पुराने फिल्मों के साथी की बीवी से अपनी बीवी की बातें कर के, शाम को साढ़े पांच बजे के क़रीब में वहां से रवाना होकर सात बजे सईदा कॉटेज पहुंचा। गैराज के बाहर अलगनी पर गीले-गीले पोतड़े लटक रहे थे और नल के पास एल ब्रादरान शीरीं के बड़े लड़के के साथ खेल रहे थे। गैराज के टाट का पर्दा हटा हुआ था और शीरीं उन से ग़ालिबन मम्मी की बातें कर रही थी। मुझे देख कर वो चुप हो गये। मैंने चड्ढा के मुतल्लिक़ पूछा तो अकील ने कहा कि वो मम्मी के घर में मिल जाएगा।

मैं वहां पहुंचा तो एक शोर बरपा था। सब नाच रहे थे। ग़रीब नवाज़ पोली के साथ, रंजीत कुमार, किट्टी और एलमा के साथ और वनकतरे, थेलमा के साथ। वो उसको कथाकली के मुद्रे बता रहा था। चड्ढा मम्मी को गोद में उठाये इधर-उधर कूद रहा था- सब नशे में थे। एक तूफ़ान मचा हुआ था। मैं अन्दर दाख़िल हुआ तो सबसे पहले चड्ढा ने नारा लगाया। उसके बाद देशी और अर्द्ध विदेशी आवाज़ों का एक गोला-सा फटा जिसकी गूंज देर तक कानों में सरसराती रही। मम्मी बड़े तपाक से मिली- ऐसे तपाक से जो बेतकल्लुफ़ी की हद तक बढ़ा हुआ था। मेरा हाथ अपने हाथ में लेकर उसने कहा: "किस मी डियर!"

लेकिन उसने खुद ही मेरा एक गाल चूम लिया और घसीट कर नाचने वालों के झुरमुट में ले गई। चड्ढा एक दम पुकारा: "बन्द करो- अब शराब का दौर चलेगा।" फिर उसने नौकर को आवाज़ दी: "स्कॉटलैण्ड के शहजादे- व्हिस्की की नई बोतल लाओ।" स्कॉटलैण्ड का शहज़ादा नई बोतल ले आया। नशे में धुत था। बोतल खोलने लगा तो हाथ से गिरी और चकनाचूर हो गई। मम्मी ने उसको डांटना चाहा तो चड्ढा ने रोक दिया और कहा: "एक बोतल टूटी है मम्मी- जाने दो यहां दिल टूटे हुए हैं।"

महफिल एकदम सूनी हो गई। लेकिन फौरन ही चड्ढा ने उस क्षणिक उदासी को अपने ठहाकों से दरहम-बरहम कर दिया। नई बोतल आई। हरगिलास में ग्रांडैल पैग डाला गया। चड्ढा ने बेरब्त-सी तक़रीर शुरू की: "लेडीज़ एण्ड जेन्टलमैन... आप सब जहन्नुम में जाएं... मंटो हमारे दर्मियान मौजूद है। खुद से बहुत बड़ा अफ़साना निगार बनता है। इंसानी नफ़्सियात की- वो क्या कहते हैं अंदर की गहराइयों में उतर जाता है... मगर मैं कहता हूं कि बकवास है... कुंऐ में उतरने वाले... कुंऐ में उतरने वाले। उसने इधर-उधर देखा... "अफ़्सोस कि यहां कोई हिन्दोस्तौड़ा नहीं। एक हैदराबादी है जो काफ को ख़ाफ़ कहता है। और जिससे इस बरस पीछे मुलाक़ात हुई तो कहेगा परसों आपसे मिला था। लानत हो उसके निज़ाम हैदराबाद पर जिसके पास कई लाख टन सोना है। करोड़ों के ज़ेवरात हैं लेकिन एक मम्मी नहीं... हां... वो कुंए में उतरने वाले... मैंने क्या कहा था, कि सब बावास है। पंजाबी में जिन्हें टूब्हे कहते हैं... वो ग़ोता लगाने वाले वो उसके मुक़ाबले में इंसानी नफ़्सियात को बहुत अच्छा समझते हैं... इसलिए मैं कहता हूं..."

सब ने ज़िन्दाबाद का नारा लगाया। चड्ढा चीख़ा। ये सब साज़िश है-

इस मंटो की साज़िश है। वर्ना मैने हर हिटलर की तरह तुम लोगों को मुर्दाबाद के नारे का इशारा किया था... तुम सब मुर्दाबाद... लेकिन पहले मैं... मैं..." वो जज़्बाती हो गया। "मैं... जिसने उस रात उस... सांप के पेट के खपरों ऐसे रंग वाले बालों की एक लड़की के लिए अपनी मम्मी को नाराज़ कर दिया... मैं खुद को खुदा मालूम कहां का डॉन जो ऑन समझता था... लेकिन नहीं... उसको हासिल करना कोई मुश्किल काम नहीं था। मुझे अपनी जवानी की क़सम! एक ही बोसे में उस प्लेटीनम ब्लोंड के कुंवारापन का सारा अर्क़ मैं अपने इन मोटे-मोटे होंठों से चूस सकता था... लेकिन ये एक... ये एक अनुचित हरकत थी... वो कम उम्र थी... इतनी कम उम्र, इतनी कमज़ोर, इतनी क्रेक्टर्स... इतनी..." उसने मेरी तरफ़ सवालिया नज़रों से देखा: "बताओ यार उसे उर्दू फ़ारसी या अरबी में क्या कहेंगे... करेक्टर्स... लेडीज़ एण्ड जेन्टलमैन.. वो इतनी छोटी, इतनी कमज़ोर इतनी बे-किरदार थी कि उस रात गुनाह में शरीक हो कर या तो वो सारी उम्र पछताती रहती या उसे बिलकुल भूल जाती... उन चन्द घड़ियों की लिज्ज़त की याद के सहारे जीने का सलीक़ा उसको क़तई तौर पर न आता... मुझे इसका दुख होता- अच्छा हुआ कि मम्मी ने उसी वक़्त मेरा हुक़्क़ा पानी बन्द कर दिया... मैं अब अपनी बकवास बन्द करता हूं। मैंने असल में एक बहुत लम्बी चौड़ी तक़रीर करने का इरादा किया था, मगर मुझसे कुछ बोला नहीं जाता... मैं एक पैग और पीता हूं।"

उसने एक पेग और पिया। तक़रीर के दौरान में सब ख़ामोश थे। इसके बाद भी ख़ामोश रहे। मम्मी न मालूम क्या सोच रही थी। ग़ाज़े और सुर्ख़ी की तहों के नीचे उसकी झुर्रियां भी ऐसा दिखाई देता था कि ग़ौरो-फ़िक्र में डूबी हुई हैं। बोलने के बाद चड्ढा जैसे ख़ाली सा हो गया था। इधर-उधर घूम रहा था जैसे कोई चीज़ खाने के लिए ऐसा कोना ढूंढ रहा है जो उसके ज़ेहन में अच्छी तरह महफ़ूज़ रहे। मैंने उससे एक बार पूछा: "क्या बात है चड्ढा?"

उसने ठहाका लगा कर जवाब दिया: "कुछ नहीं... बात यह है कि आज व्हिस्की मेरे दिमाग़ के चूतड़ों पर जमा के लात नहीं मार रही।"

उसका ठहाका खोखला था।

बनकतरे ने थैलमा को उठाकर मुझे अपने पास बैठा लिया और इधर-उधर की बातें करने के बाद अपने बाप की तारीफ़ शुरू कर दी कि वो बड़ा गुणी आदमी था। ऐसा हारमोनियम बजाता था कि लोग दमबखुद

हो जाते थे। फिर उसने अपनी बीवी की ख़ूबसूरती का ज़िक्र किया और बताया कि बचपन ही में उसके बाप ने ये लड़की चुन कर उससे ब्याह दी थी। बंगाली म्युज़िक डायरेक्टर सेन की बात निकली तो उसने कहा: "मिस्टर मंटो– वो एमदम बलकट आदमी था... कहता था मैं ख़ाने साहब अब्दुल करीम खां का शागिर्द हूं... झूट बिल्कुल झूट... वो बंगाली के किसी भड़वे का शागिर्द था।"

घड़ी ने दो बजाये। चड्ढा ने जबड़बग बन्द किया। किट्टी को धक्का देकर एक तरफ़ गिराया और बढ़ कर बनकतरे के कद्दू ऐसे सर पर घप्पा मार कर बोला: "बकवास बन्द कर बे... उठ... और कुछ गा... लेकिन ख़बरदार अगर तूने कोई पक्का राग गाया।"

बनकतरे ने फौरन गाना शुरू कर दिया। आवाज़ अच्छी नहीं थी। मर्कियों की नोक पलक वाज़े तौर पर उसके गले से नहीं निकलती थी। लेकिन जो कुछ गाता था, पूरे ख़ुलूस से गाता था। मालकोस में उसने ऊपर तले दो-तीन फिल्मीगाने थे और नज़रें किसी और दिशा में हटा लेते थे। ग़रीब नवाज़ इतना प्रभावित हुआ कि उसकी आंखों में आंसू आ गये। चड्ढा ने ज़ोर का ठहाका बुलंद किया और कहा: "हैदराबाद वालों की आंख का मसाना बहुत कमज़ोर होता है... मौक़ा बेमौक़ा टपकने लगता है।"

गरीब नवाज़ ने अपने आंसू पोछे और एलमा के साथ नाचना शुरू कर दिया। बनकतरे ने ग्रामोफ़ोन के तवे पर रिकार्ड लगा कर सूई लगा दी। घिसी हुइ ट्यून बजने लगी। चड्ढा ने मम्मी को फिर गोद में उठा लिया और कूद-कूद कर शोर मचाने लगा। उसका गला बैठ गया था, उन मीरासिनों की तरह जो शादी ब्याह के मौक़ों पर ऊंचे सुरों में गा-गा कर अपनी आवाज़ का नास मार लेती हैं।

इस उछल कूद और चीख़म घाड़ में चार बज गये। मम्मी एकदम ख़ामोश हो गई। फिर उसने चड्ढा से मुखातिब होकर कहा: "बस, अब ख़त्म।"

चड्ढा ने बोतल से मुंह लगाया, उसे ख़ाली करके एक तरफ़ फेंक दिया और मुझसे कहा: "चलो मंटो, चलें!"

मैंने उठकर मम्मी से इजाज़त लेनी चाही कि चड्ढा ने मुझे अपनी तरफ़ खींच लिया: "आज कोई अल्विदा नहीं कहेगा।"

हम दोनों बाहर निकल रहे थे कि मैंने वनकतरे के रोने की आवाज़ सुनी। मैंने चड्ढा से कहा: "ठहरो, देखें क्या बात है।" मगर वो मुझे धकेल

कर आगे ले गया; उस साले की आंखों का मसाना भी ख़राब है।"

मम्मी के घर से सईदा कॉटेज बिल्कुल नज़दीक थी। रास्ते में चड्ढा ने कोई बात न की। सोने से पहले मैंने उससे इस अजीबो-ग़रीब पार्टी के बारे पूछना चाहा तो उसने कहा: "मुझे सख़्त नींद आ रही है।" और बिस्तर पर लेट गया।

सुबह उठकर मैं गुस्लख़ाने में गया। बाहर निकला तो देखा कि ग़रीब नवाज़ गैराज के नाट के साथ लग कर खड़ा रो रहा है। मुझे देखकर वो आंसू पोंछता वहां से हट गया। मैने पास जाकर उससे रोने की वजह पूछी तो उसने कहा: "मम्मी चली गई।"

"कहां?"

"मालूम नहीं।" यह कह कर ग़रीबनवाज़ ने सड़क का रूख़ किया।

चड्ढा बिस्तर पर लेटा था। ऐसा मालूम होता था कि वो एक लम्हे के लिए भी नहीं सोया था। मैंने उससे मम्मी के बारे में पूछा तो उसने मुस्कुरा कर कहा: "चली गई– सुबह की गाड़ी से उसे पूना छोड़ना था।"

मैंने पूछा: "मगर क्यों?"

चड्ढा के लहजे में तलख़ी आ गई। हुकूमत को उसकी आदाएं पसंद नहीं थीं–उसका रहन-सहन पसंद नहीं था। उसके घर की महफिलें उसकी नज़र में क़ाबिले एतराज़ थीं, इसलिये कि पुलिस उसकी शफ़क़त और मुहब्बत बतौर 'यरग़माल' के लेना चाहती थी... वो उसे मां कहकर एक दलाला का काम लेना चाहते थे... एक अर्से से उसका एक केस ज़ेरे-तफ़तीश था। आख़िर हुकूमत, पुलिस की तहक़ीक़ात से मुतमइन हो गई और उसको तड़ीपार कर दिया... शहर बदर कर दिया... वो अगर क़हबा थी। दलाला थी– उसका वजूद सोसाइटी के लिए मोहलिक था तो उसका ख़ात्मा कर देना चाहिए था... पूना की गंदगी से ये क्यों कहा गया कि तुम यहां से चली जाओ, और जहां चाहो ढेर हो सकती हो।" चड्ढा ने बड़े ज़ोर का ठहाका लगाया और थोड़ी देर ख़ामोश रहा। फिर उसने बड़े जज़्बात भरे लहजे में कहा: "मुझे अफ़सोस है मंटो कि उस गंदगी के साथ एक ऐसी पाकीज़गी चली गई है जिसने उस रात मेरी एक बड़ी ग़लत और 'नजिस' तरंग को मेरे दिलो-दिमाग़ से धो डाला– लेकिन मुझे अफ़सोस नहीं होना चाहिए– वो पूना से चली गई है... मुझ ऐसे जवानों में ऐसी नजिस और ग़लत तरंगें वहां भी पैदा होंगी जहां वो अपना घर बनाएगी... मैं अपनी मम्मी उनके सपुर्द करता हूं– ज़िन्दाबाद मम्मी...

ज़िन्दाबाद– चलो ग़रीब नवाज़ को ढूंढें। रो-रोकर उसने अपनी जान हलकान कर ली होगी। इन हैदराबादियों की आंखों का मसाना बहुत कमज़ोर होता है– वक़्त बे वक़्त टपकने लगता है।''

मैंने देखा चड्ढा की आंखों में आंसू इस तरह तैर रहे थे जिस तरह मक़तूलों की लाशें।